귀여운
수집가

글·그림 신지영

가지
KINDS
BOOK

귀여워 보이면
끝이다

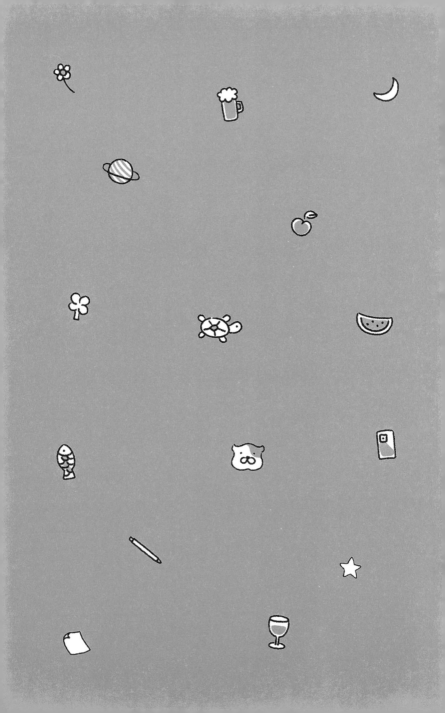

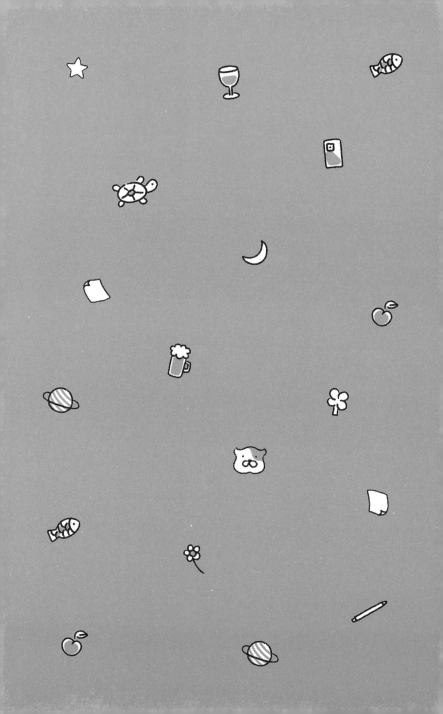

당신은 지금 서울 한복판을 걷고 있다. 사람들은
각자 휴대전화를 쳐다보며 바삐 움직이고 당신도 그중
하나다. 그때 한 사람이 갑자기 멈춰 서서 어딘가를 가만히
응시하더니 사진을 찍기 시작한다. 무엇이 그의 눈길을
사로잡았는지 궁금해져 고개를 든 당신은 아름답게
타오르는 노을을 정면으로 마주한다. 어떤 반응을 할 수
있을까? 선택지는 여러 개다.

1. 함께 감탄하며 사진 찍기
2. 당장 하늘 좀 보라며 친구나 가족에게 메시지 보내기
3. … (그런 쪽에는 무덤덤한 편)
4. '저런 건 신경 쓸 시간도 없는 바쁜 도시 사람'이라는
   인상을 팍팍 풍기며 가던 길 계속 가기

과거의 나는 1번과 2번을 동시에 하는 낭만파에
가까웠다. 아니, 애초에 제일 처음 노을을 발견하고
카메라를 꺼내 든 사람이 나였을 것이다. 미대생이랍시고
낭만을 챙기는 일에는 어떤 의무감마저 있던 시절을

지나왔으니까. 하루가 유난히 힘들었더라도 돌고래 모양
구름, 길고양이 발자국, 보라색과 주황색이 은은하게 섞인
노을 같은 것을 마주하면 피로가 눈 녹듯 사라져 잠들기
직전까지 기분이 좋았다. 그런데, (문장이 과거형인 것에서
짐작할 수 있듯이) 지금의 나는 그 소중한 능력의 상당 부분을
잃어버렸고 회복하려 분투 중이다. 사실은 특별한 계기조차
없었다는 점이 더 슬프다. 가만히 두면 자연스럽게
증발하는 물처럼 그저 그렇게 감정이 메말랐다. 그림엽서
모으던 예술 애호가는 카드 빚 모으는 '퇴근 존버단'이 된 지
6년째다.

　　어느 새부턴가 나는 노을이나 예쁜 꽃 같은 것에는
눈길조차 주지 않고 지나치는 사람이 되었다. 어쩌면 이런
성격이 더 편할지 몰라. 나는 어른이잖아. 그런 생각을
했었는지도. 그러던 어느 봄날, 예쁜 꽃나무 아래 멈춰
사진을 연달아 찍는 사람들을 보며 '저게 뭐 특별한가?
한심하다'는 생각이 들었다. 그때 머릿속에 경고등이
켜졌다. 마음이 텅텅 비었구나. 뭔진 몰라도 분명 가득 채워

두었던 것 같은데. 지난 몇 년간 그 안에 든 걸 써버리기만
하고 새로 채워 넣질 않았으니 당연한 일이었다. 낭만이라는
무형의 내용물이 다 증발해 버린 마음에는 먼지와 어둠만이
가득했고, 나는 모든 걸 함부로 한심하게 보는 사람이 돼
있었다. 나는 달라지고 싶었다. 이렇게 바사삭 말라 가다간
언젠가 마음에 불이 붙어 모두 타버리고 말 거야. 그렇게
재만 남은 채로 시간을 흘려보내는 어른이 되고 싶지는
않았다. 달라져야만 했다.

　　사랑에 빠진 사람들은 말한다. 상대가 뭘 해도 귀여워
보이면 끝이더라. 그래서 나는 주변의 모든 걸 귀여워해
보기로 했다. 마음속에 사랑이 없으니 사랑하는 과정을
거꾸로 되짚어갈 계획이었다. 조금 이른 3월에 피어난
꽃도, 동물 모양 구름도, 낯선 사람의 사소한 친절도,
동료들의 허점과 상사의 아재 개그도, 심지어 출근길 2호선
지하철에서 어깨를 밀치는 사람들까지도 절대 놓치지 않고
귀여워해 줘야지. 그러다 보면 좀 더 사랑하게 되지 않을까,
납득이 안 가는 세상도, 미워했던 사람도, 어쩌면 거울 속

무표정한 내 얼굴까지도 말이다.

　미운 감정을 품는 건 내리막에서 눈덩이를 굴리는 일과
같아서 처음에는 솜털만큼 싫었던 마음도 시간이 지나면
태산같이 싫어진다. 그 미움에 깔려 숨이 막히는 건 결국
나다. 만약 인생에서 느낄 수 있는 감정의 총량이 정해져
있다면 그것을 미움으로 채우기보다는 사랑으로 채우는
편이 나을 것이다.

　지난봄 반신반의하는 마음으로 쓰기 시작한 글이 바닥에
떨어진 꽃잎들처럼 켜켜이 쌓였다. 계절이 몇 번 바뀌고
다시 만개한 꽃나무 아래에서 나는 오래간만에 사진을 찍고
한강에서 맥주를 홀짝이며 노을을 구경했다. 그러니까,
마음속에서 뭔가가 다시 찰랑이며 차오르기 시작한 거라고
믿어 봐도 되지 않을까.

　여전히 화 많은 직장인이면서 속으로는 주변을 호시탐탐
관찰하며 사소한 귀여움이라도 하나 더 찾아내려고 눈에
불을 켜고 다니는 내 모습이 웃기지만 의외로 맘에 든다.
그래, 내가 강남에 땅을 살 수 있을지는 잘 모르겠으니까,

낭만이라도 챙기면서 살아야지. 행복은 스스로 정하는
태도라는 조언도 있지 않은가.

차례

Part 01

우리는 서로를
좀 더 귀여워할 필요가
있어요

어른의 상상력에는
귀여운 구석이 있다

오랜만에 본가에 다녀왔다. 엄마랑 외식하고 나란히 걸어 집으로 가는 길, 우리는 아파트 앞 전깃줄에 비둘기 수십 마리가 떼 지어 앉아 있는 모습을 발견하고는 누가 먼저랄 것도 없이 걸음을 멈췄다. 도시에 비둘기만큼 흔한 새가 또 있겠냐마는 그 수가 족히 삼십 마리는 넘어 보였고 새들의 무게에 전깃줄이 위태롭게 늘어져 있었기 때문이다. 놀이공원도 아니고 조용한 동네 골목에 이렇게나 많은 수의 비둘기가 모여 있는 건 흔한 풍경이 아니었다.

엄마와 나는 둘 다 조류를 무서워하지 않는다. 단지 엄청난 숫자에 압도돼 신기해하는 눈빛으로 그 광경을 바라봤을 뿐이다. 잠시 대화까지 중단하고 각자 뭔가를 골똘히 생각했는데 나는 이런 상상을 했던 것 같다. '비둘기 무게에 전깃줄이 망가지지는 않으려나? 저게 망가지면 우리 집을 포함해 근방 아파트가 모두 정전이 될 텐데. 밑으로 지나가다 운 나쁘게 새똥을 맞을 확률도 30배는 높겠군.' 그때 엄마가 불쑥 말을 꺼냈다.

"야, 비둘기들끼리 무슨 중요한 회의를 하나 보다. 이 구역에 엄청 심각한 일이 있나 본데?"

엄마 표정이 너무 신나 보여서 웃음이 터진 나는
적극적으로 맞장구를 쳤다.

"그러게, 재밌는 일 있으면 우리도 알려주지. 근데 쟤네
표정이 엄청 심각한 걸 보니 대화가 잘 안 풀리나 봐."

내 반응에 자신감을 얻은 엄마는 몇 개의 농담을 더
내놓았고 이런 종류의 가벼운 헛소리를 사랑하는 난 거기에
한두 마디씩을 보태며 걸었다. 그 순간만큼은 엄마와 내가
60대와 30대가 아닌 열일곱 동갑내기 친구가 되어 책가방을
덜그럭거리며 하교하는 기분이 들었다. 엄마도 그렇게
느꼈다면 좋았을 텐데.

너무 심각하게 무게 잡고 살면 사람이 쪼그라든다.
우스워지기도 쉽고. 언젠가 엄마가 해준 얘기다. 맞는 말
같다. 삶은 조금 더 우습고 덜 멋있어질 필요가 있다. 그래야
몸과 마음이 물렁물렁 여유로울 틈이 생긴다. 어른이라고 뭐
항상 무게 잡고 살 필요가 있나? 가끔은 진지하지 못하거나
실없는 말을 내뱉어도 된다. 실수해도 된다. 단지 인정하면
그뿐.

　　고작 30여 년 살아 놓고 요즘 자꾸만 마음에 가뭄 난 듯 버석버석하게 구는 내 자신에게 되뇐다. 엄마처럼 60대가 되어서도 길가의 비둘기 떼를 보며 재밌는 상상을 하고 웃을 수 있는 말랑함을 유지하고 싶지 않냐고. 그러니까 좀 더 농담하고 많이 웃으며 살아 보자고.

　　그런 의미에서 오늘은 아재 개그를 남발하는 회사 부장님께도 성심성의껏 웃어 주었다. 잘은 모르지만, 본인보다 한참 어린 사람에게 웃는 낯으로 농담을 건네는 일에도 나름의 노력이 필요할 것이다. 마주 보고 웃던 우리 사이에 모종의 유대가 생겼기를, 서로를 향한 마음이 조금은 더 말랑해졌기를.

몰랑 말랑

조금 녹는 것도
나쁘지 않네

회사와 유치원은 좀 비슷하다. 구성원 중 상당수가 집에 가고 싶어 하거나, 졸음과 싸우거나, 배고파한다는 점에서 그렇다. 월요일 아침, 허공에 한숨을 날려 보내듯 동갑내기 친구들 채팅방에 문장 하나를 전송했다.

집에 가고 싶다.

30초도 지나지 않아 저쪽에서도 말풍선이 날아오기 시작한다. '나도' '집에 보내줘' '제발 오늘 금요일이라고 해줘' '아침부터 열 받는 일 있었음'… 채팅방만 보면 모두가 예비 퇴사자처럼 보이지만 나는 이 대화의 덧없음을 안다. 사포처럼 거친 말 속에 숨은 여린 멘탈의 소유자인 우리는 모두 정시에 출근해 키보드에 불이 나게 일을 하는 중이다. 누가 이름만 불러도 입꼬리를 올리며 "넵!" 하고 대답할 준비가 된 상태로.

집에 고양이를 숨겨 둔 것도 아니면서 왜들 그렇게 집에 가고 싶어 할까? 사실 '집에 가고 싶다'는 말에 담긴 의미는 저마다 다를 것이다. 귀찮음이 많은 친구 A가 그 말을 할 땐 그냥 눕고 싶다는 뜻이고, 선배 B의 경우 혼자 있을 고양이가 그립다는 뜻이며(그러고 보니 이 자는 정말로 집에 고양이를 숨겨 놨다) 또 다른 동료 C는 '다 꼴 보기 싫다'에 가깝다. 나는 C처럼 극단적이진 않지만 결은 비슷한데 심정을 최대한 정확히 옮기자면 '좀 편히 있고 싶다'가 될 듯하다. 모두가 알겠지만, 내향인이 가장 편안함을 느끼는 순간은 혼자 집에 있을 때다.

종종 회사 생활은 야생의 초원과 비슷하다고 느낀다. 먹이사슬도 있고 서열도 있고 각자 따르는 무리도 있고, 모든 일이 예상한 대로 흘러가지 않는다. 그 흐름이 합리적인가 하면 그것도 아니라서 서럽다. 나처럼 아직 먹이사슬 하위권에 있는 초식동물들은 별수 없이 24시간 경계 태세다. 초식동물에게는 안전히 몸을 숨길 수 있는 동굴이 꼭 필요하다. 동굴 밖에서 너무 많은 시간을 보내면 기가 질리기도 하거니와 생명에 위협을 느낀다. 내가 집에 가고 싶어 하는 건 다 목숨을 부지하기 위해서다.

그럼에도 나는 왜, 꿋꿋이 사무실 의자에 엉덩이를 붙이고 앉아 있을까? '돈'을 받기 때문이다. 직장인이 받는

급여는 노동에 대한 보상인 동시에 공동체 안에서 제멋대로
굴지 않겠다는 약속의 대가라고 생각한다. 친구들만 있는
채팅방 바깥의 세계, 그러니까 사무실에서는 절대 집에 가고
싶다는 말을 꺼내지 않고 '혼자 있고 싶다'는 표정을 짓지
않으려고 노력하는 이유다(물론 종종 실패하지만). 그것은
나보다 훨씬 어른스러운 선배들로부터 배운 태도다. 옆자리
선배의 배에서 꼬르륵 소리가 나고 숨소리가 거칠어진 것을
보면 나처럼 집에 가고 싶은 게 분명한데, 겉으로는 놀라운
포커페이스와 친절한 말투를 유지 중이시다. 키보드 위로
현란하게 움직이는 선배의 손가락을 보며 나는 마음속으로
기립박수를 친다. 가끔은 꼰대라고 생각했던 선배들에게서
남다른 책임감과 어른스러움을 엿보고 놀랄 때도 있다.
이곳이 진짜 유치원이었다면 사방이 엉엉 우는 소리로만
가득할 텐데 말이다.

　　평범한 사람들에게서 감탄할 만한 인내심과 성실함,
책임감 같은 것을 발견하는 순간이 나는 좋다. 각자 삶에서
어른 노릇을 해보기로 결정한 사람들이 모여 일으키는
에너지는 그 자체로 힘이 세다. '큰 거 한방'을 정답처럼

떠받드는 시대에 근로소득세를 내는 인생들이란 여느 때보다 하찮은 신분으로 전락해 버렸지만, 그래도 나는 사무실 책상에 가족사진이나 좋아하는 그림엽서를 붙여 놓고, 혹은 화분이나 귀여운 캐릭터가 그려진 마우스패드나 영양제 한 통을 올려 두고 한껏 힘을 내보는 사람들에게 큰 애정을 느낀다. 그들이 함께 만들어 내는 사무실 풍경은 별수 없이 사랑스럽다.

더 이상
똑똑한 척조차
안하는
회의시간

뜨거운
아이스아메리카노
같은 건가요?

항상 말조심해

근데 할 말은
해야 돼

버스는
창가에 앉는 편

버스를 타고 퇴근하는 길, 창밖 저 멀리에 익숙한 얼굴이
보인다. 직장 동료다. 같은 사무실에서 일하지만 업무가
달라 눈인사만 나누는 사이다. 그런데 사무실이 아닌 곳에서
마주치자 그의 특징들이 눈에 더 잘 들어온다. 저 사람은
출퇴근길에 가방을 안 들고 다니는구나. 이렇게 보니 확실히
살이 빠졌네, 남들이 호들갑을 떨 때는 잘 모르겠더니….
평소에는 사무실 배경에 섞여 들어 납작했던 존재감이
입체적으로 변한다. 물론 내적 친밀감이 생겼다고 해서
지난번 퇴근길에 봤다는 둥 나중에라도 아는 척하는 일은
없을 것이다.

내가 대충 아는 모든 사람에게는 내가 모르는 모습이
훨씬 많다는 당연한 사실을 상기하게 된다. 역시 사람은
남에 대해 아무것도 모른다. 그러니 누구라도 함부로
판단하는 건 말이 안 되지.

달리던 버스가 정류장 근처에서 잠시 멈춘다. 긴
머리를 탈색한 여성이 정류장 벤치에 앉아 있다. 머리를
감고 제대로 말리지도 못했는지 끝이 축축하게 젖어 있다.

저걸 어째, 머리를 잘 말려야 탈모가 안 생기고 감기도 안
걸리는데. 물론 속으로만 생각한다. 그 옆의 중년 여성은,
화려한 금색 줄에 디올 로고가 대문짝만하게 박힌 지갑형
휴대폰 케이스가 유독 눈에 띈다. 손에 든 장바구니에는
불룩한 모양으로 짐작건대 과일이 들어 있을 것 같다.
시장에서 제철 과일을 고르며 누군가에게 전화를 걸어
안부를 묻는 그녀의 모습을 상상해 본다.

　　벤치 뒤로 지나가는 남성은 강아지를 산책시키는
중이다. 혓바닥을 내밀고 걷는 강아지는 검은 빨래에 실수로
섞여 들어간 흰 수건처럼 묘하게 때가 탄 색감이다. 저렇게
보슬보슬한 강아지를 매일 저녁 산책시키는 삶이라니,
모르는 저 남자가 갑자기 부러워져 버렸다. 산책을 마치고
집에 가면 강아지 발을 닦아 준 뒤 맥주 한 잔 기울이려나?
안 보는 척하면서도 시선은 강아지의 동그란 뒤통수를
음흉하게 따라붙는다.

　　그때 버스가 다시 움직이기 시작한다. 아쉬움을 숨기고
휴대전화를 쳐다보는데 살짝 미소 띤 내 얼굴이 화면에
비친다. 어라, 내가 언제부터 웃고 있었지? 이건 버스 창문이

내게 건 마법이다. 버스 창 너머로 세상을 보면 평범한
사람들도 소설 속 주인공처럼 느껴진다. 버스 안의 나는 그
책을 읽는 독자다. 책장을 넘기듯 눈에 들어온 장면을 휙휙
넘기며 다른 이들의 삶을 상상한다. 예상보다 일찍 목적지에
도착하면, 몰입해서 읽던 소설을 중간에 덮게 된 것처럼
아쉬울 때도 있다.

　힘겨운 싸움을 하는 모두에게 친절해라.
　그 사람이 어떤 사람인지 알고 싶다면 그저 바라보면
된다.

　영화 <원더>에 나오는 대사다. 친절해야 한다. 그런 말을
어릴 때부터 듣고 자랐기에 머리로는 잘 알지만 가슴으로
이해하고 실천하기는 쉽지 않았다. 요즘처럼 기후 위기에,
고물가에, 각종 사건 사고가 매일같이 뉴스를 장식하는
때라면 더욱 그렇다. 내 삶만이 제일 중하고 치열한 것처럼
몰두해 살다 보면 주변을 대하는 마음이 한껏 옹졸해지기
쉬운데, 그럴 때면 버스를 탄다. 창 하나를 사이에 두고

사람들을 (그리고 강아지를) 본다. 그저 바라보면서 상상한다. 짧은 순간 다양한 인생의 주인공이 되어 보는 것이다. 그러면 신기하게도 마음이 놓인다. 여기에 진짜 세상과 사람들이 있구나. 책이나 스마트폰 화면 속이 아니라 버스에 앉아서 보는 현실감 넘치는 풍경 속에 다들 살아서 숨을 쉬고 있구나. 스치는 모든 이가 제각각의 빛깔로 얼마나 아름다운지를 눈으로, 귀로, 코로 다 느낄 수 있다.

그러니 친절해야 하는 것이다. 한 사람에게 친절한 것은 그 사람의 피와 살로 이루어진 우주 전체에 단비를 내리는 일과 같으니까. 자주 잊고 살다가 다시 깨닫게 되는 사실이다.

너무 심각하게 무게 잡고 살면

사람이 쪼그라든다.

우스워지기도 쉽고.

길에서 한 쌍의 연인을 마주치면 유난히 눈에 들어오는
게 있다. 바로 두 사람의 닮은 분위기. 이목구비가 오려
붙인 것처럼 빼닮은 건 아닌데 전체적으로 풍기는 분위기나
말투가 비슷한 경우가 많다. 두 사람이 어딘가 닮아 있다는
걸 느끼고 나면 나도 모르게 마음이 편안하고 너그러워진다.

어제는 아주 화려한 꽃다발을 든 젊은 연인을 마주쳤다.
내게는 그저 비슷한 매일 중 하루일 뿐인 평범한 날이 두
사람에겐 무언가 특별한 의미가 있는 걸까? 품 안 가득히
꽃을 안고 저렇게 행복한 웃음을 지을 만큼 말이다. 둘 중 한
사람의 생일일 수도 있고 기념일일 수도 있고 그냥 날씨가
좋아서 꽃 선물을 하고 싶은 날이었는지도 모른다. 문득
모든 날이 어떤 사람에겐 반드시 가장 행복한 날이겠다는
생각이 들자, 하루를 살아내는 일에 전에 없던 책임감이
느껴졌다. 나의 매일도 좀 더 기쁘게 채워야만 할 것 같은.

사랑하는 두 사람 사이에 오가는 미묘한 감정은 잘
숨겨지지 않는다. '썸'을 주변에서 먼저 알아채는 이유다.
마치 두 사람 근처에 있는 공기에만 눈에 보이는 사랑 입자가

떠다니는 것 같다. 사람은 누구나 타인에게 일정량의 관심을 쏟으며 살아가게 되지만 연애 감정을 느끼는 대상에겐 관심의 밀도가 훨씬 더 촘촘해지게 마련이니까. 닮은 두 사람이 서로에게 최선을 다해 집중하고 그것을 숨기려고도 하지 않는 모습엔 좀 귀여운 구석이 있다.

김초엽의 SF 단편소설 《감정의 물성》에는 다음과 같은 설정이 등장한다. 한 회사에서 감정 자체를 조형화한 제품을 만들어 우울체, 공포체, 설렘 초콜릿 등의 이름을 붙여서 판다. 곁에 두고 향을 피우거나 먹으면 해당 감정을 느끼게 되는 제품이다. '설렘 초콜릿'을 먹고 온종일 남자친구의 전화를 기다리거나 '우울체'를 손에 쥐고 울기도 한다. 저런 걸 누가 사냐고 생각하는 건 주인공뿐인 듯, 제품들은 불티나게 팔려 나간다. 무엇이건 손으로 만져 확인하고 나서야 안심이 되는 건 인간의 본성인가 보다. 설령 그것이 자기 마음 안에 존재하는 감정일지라도 말이다.

그런 의미에서 연인의 손에 나란히 끼워진 커플 반지는 일종의 '사랑체'라고 할 수 있다. 공기 중 흩날리는 사랑을 붙잡아 서로의 관계를 단단하게 묶어 주는 약속의 물건.

사람의 옷이나 장신구는 털동물에 비유하자면 특유의 무늬 같기도 해서 같은 물건을 나누어 가진 연인은 한층 더 닮아 보이는 효과가 있다. 슬쩍, 무늬가 비슷한 얼룩 고양이들이 서로에게 꼬리를 감고 걸어가는 모습이 겹쳐 보인다.

이쯤 되면 애초에 닮은 사람들끼리 사랑에 빠지는 건지, 사랑을 해서 닮아지는 건지 헷갈린다. 분명한 건 사랑이라는 감정엔 서로를 닮고자 하는 욕망도 포함돼 있다는 사실이다. 감정이 서로를 향해서만 쏟아지니 겉모습도 저절로 닮아 가는 거겠지.

누구나 쉽게 가질 수는 없는 그 귀한 마음들이 서로의 손에 끼워진 반지처럼 오래오래 반짝거리면 좋겠다. 그런 감정의 유지가 매우 힘든 일이라는 걸 나와 주변의 경험을 통해 잘 알기 때문에 더욱 바라게 되는 것 같다. '거기 눈꼬리가 닮은 두 사람, 오래오래 귀엽고 행복하세요'라고.

0.5의 평화

"나한테는 식물이나 가구나 똑같아."

식물을 키워 볼 생각이 없냐는 질문에 친구가 내놓은 대답이다. 자신은 식물도 가구 보듯 하기 때문에 키울 수가 없다는 거다. 먼지 쌓인 책상은 한 달쯤 방치해도 언제든 제 모습으로 되돌릴 수 있지만 식물은 그렇지 않으니까, 식물을 한 달이나 방치하면 천하의 게으름뱅이라는 낙인은 고사하고 한 생명을 책임지지 못했다는 죄책감이 뒤따를 테니까.

사실 집 안의 가구를 볼 때와 식물을 볼 때 감흥에 차이가 없는 사람이라면 식물을 들이지 않는 편이 낫다. 하지만 0과 1 사이에도 많은 숫자가 존재하듯, 세상에는 이쪽과 저쪽 어디에도 속하지 못하고 애매하게 발을 걸치고 사는 나 같은 사람도 있다.

반려 식물이 생겼다. 개운죽이라는 이름의 조그만 친구로, 사무실 내 책상 한편에 자리 잡고 몇 달째 무탈하게 자라고 있다. 요즘 유행한다는 식물 인테리어까지 시도할 위인은 못 되지만 이 정도 작은 화분이라면 어떻게든 책임져 볼 만하다는 생각이 든다. 나는 일주일에 한 번씩 화분의 물을 보충해 주고 시들시들한 잎을 정리한다. 회색 사무실에선 가끔 시간이 멈춘 기분이 들 때가 있는데 그럴 때 개운죽에 새순이 돋은 모습이라도 발견하면 갑자기 시간이 다시 흐르는 활기를 느낀다. 영어로는 'lucky bamboo', 행운을 가져다준다는 식물에 새잎이 돋았으니 곧 좋은 일이 생길까 싶어 구부정했던 허리도 괜히 한 번 세워 본다. 식물과 나 사이에 평화가 유지되려면 이 정도의 관심과 애정을 나누는 사이가 적당하다.

　십여 년 넘게 그림을 그렸으면서 그걸 포기하고 취직한 게 아쉽지 않냐는 말을 종종 듣는다. 그러면 농담이랍시고 '자본주의와 타협했다'고 가벼이 대꾸하곤 했는데 내 말투가 그리 명랑한 톤이 아니어서인지 다들 심각하게 받아들이는 것 같다. 사실은 애초에 '포기했다'고 생각해 본 적이 없다. 이만하면 그림과 나는 적당한 거리를 유지 중이다. 오히려 우리 사이가 너무 가까웠던 시절이 좀 힘겨웠다(천재로 태어나지 않은 사람이 천재들에 관해 공부하다 보면 아주 쉽게 불행해진다). 나와 식물 사이에 안전거리가 존재하기에 평화를 유지할 수 있는 것과 같은 원리다.

    그림은 학창 시절 내내 애증의 친구처럼 붙어 지냈고 내 생각, 취향, 행동 그리고 인맥에까지 깊게 영향을 끼쳤다. 그림을 그리지 않았다면 나는 아예 다른 사람이 되었을 거라고 확신한다. 그러므로 나는 한 길을 포기하고 다른 길을 택한 게 아니다. 어떤 길을 지나쳐 왔는데 눈앞에 안 보인다고 해서 없던 일이 아니듯, 그림은 살아온 과정의 일부로 나를 구성하고 있다. 중요한 건 그림을 그리는 것도, 직장을 다니는 것도 모두 내 선택이었다는 거다.

    지금의 나에게 예술이란 사회의 쓴맛 그리고 내 맘 같지 않은 인간관계의 롤러코스터에 올라타 멀미가 날 때 정신까지 놔버리지 않도록 잡아 주는 안전 바 역할을 한다. 어디서부터 잘못됐는지도 모를 문제들을 해결하기 위해 씨름하다가 퇴근한 후에는 스위치를 전환해 글과 그림을 풀어 헤친다. 이 루틴이 나의 일상을 지속하는 데 힘이 된다.

    창작하는 사람이라면 피할 수 없다는 자기혐오와 불확신의 상태에 갇혀 아무리 새벽까지 몸부림쳤다고 해도 아침이 밝으면 어김없이 머리를 감고 출근한다. 글과 그림은 집에 아무렇게나 내팽개친 채로. 그렇게 또 일을 하다 보면 모순적이게도 집에 두고 온 나의 초라한 결과물이 무척 애틋해지는 것이다. 어린 자녀를 둔 선배가 "밖에 있으면 아이들이 참 보고 싶은데 막상 주말이 되면 제발 날 좀 내버려뒀으면 좋겠다는 생각이 들어"라고 했던 심정과 비슷하다고 할 수 있을까? 어린 시절 꿈꿨던, 고통마저도 멋지게 승화시킨 예술가의 모습은 어디에도 없지만 대체로 성실하고 재미없는 낮의 회사원과 간헐적으로만 천재가 되는 밤의 창작자는 오늘도 힘을 합쳐 하루의 톱니바퀴를 굴린다.

모든 사람에게는 록스타 기질이 있다

내가 사는 동네에는 시위가 많은 편이다. 매일 아침 출근길에 다양한 모양의 피켓과 스피커와 현수막과 확성기를 지나친다. 평범하다곤 할 수 없는 아침이다. 출석률이 높은 시위자와는 하루에 한 번 이상 마주치기도 하는데, 솔직히 이만하면 가족보다 자주 보는 사이라고 생각한다. 그만큼 아침 시위 풍경은 내 일상의 일부가 된 지 오래다.

가족보다 자주 보는 1인 시위자 중에는 나이 지긋한 중년 남성 한 분이 있었다. 시위의 목적은 사실 잘 모르겠다. 그는 그저 하루도 빠짐없이 등장해 여러 인물을 저주할 뿐이었다. '저주'라는 극단적인 단어로 표현할 수밖에 없을 정도로 날것의 비난을 허공에, 정확히는 그 앞을 지나가는 행인들을 향해 토해 냈다. 스피커에서는 직접 개사한 듯한 비난송이 쩌렁쩌렁 흘러나오고 그 장단에 맞춰 쉴 새 없이 고성을 지르고 욕설을 퍼붓는다. 심지어, 거치대에 고정한 스마트폰을 통해 현장을 유튜브로 생중계하고 있었다.

나는 아침마다 고성방가를 견뎌야 하는 상황도 짜증이 났지만 길을 지날 뿐인 내 모습이 생중계 화면에 고스란히

등장할 것이라는 사실에 이루 말할 수 없는 찝찝함을
느꼈다. 저 사람은 대체 왜 저러는 걸까? 생중계를 지켜보는
사람들은 또 무슨 생각인 거지? 시간들이 남아도나?
가뜩이나 여유 없는 출근길에 한껏 예민해진 나는 인상을
잔뜩 구긴 채로 땅만 보며 걸어 다녔다.

   그런 비난 콘서트가 몇 달간 계속됐다. 자포자기한
심정으로 귀에 꽂은 음악 볼륨을 키우며 걸음을 재촉하던
어느 월요일, 이어폰의 소음차단 기능마저 뚫고 들어오는
미친 성량에 무의식적으로 고개를 들어 그를 봤다. 그때
눈에 들어온 것은 마이크와 카메라, 스피커, 형형색색의
피켓 그리고 범상치 않은 옷차림. 어라, 저 사람 그러고
보니…

   록스타 기질이 있네.

   얼마 전 유튜브로 본 록페스티벌 무대가 불현듯
머릿속을 스친 것이다. 누구도 쉽게 따라 할 수 없는 개성
있는 콘셉트, 자신에게 완벽히 몰입한 상태, 불특정 다수

앞에서도 전혀 기죽지 않고 기량을 뽐내는 자신감, '나이는 숫자일 뿐'이라고 외치는 듯한 열정적인 태도까지. 진짜 록스타는 모두의 선망이라도 받지, 주변인 모두가 인상을 찌푸리고 자신을 쳐다보는데 얼굴색 하나 안 변하는 저 사람! 타고난 게 아니라면 설명할 길이 없다.

　　월요일 아침 출근길이라 다소 비몽사몽 상태였다는 건 인정한다. 페스티벌 영상 속 진짜 록스타에게는 죄송스러울 따름이다. 하지만 우습게도 한번 '록스타'라는 단어를 떠올리고 나자 모든 상황이 별것 아닌 듯 느껴졌다. '오늘 출근길에도 시끄러움을 견뎌야겠네. 정말 싫다'가 아니라 '이제 곧 동네 록스타의 공연 현장을 지나가겠군요'라고 생각하면 웃음마저 피식 나오는 것이다. 스트레스 안 받고 살기, 생각보다 별거 아닌가 보다. 아저씨, 감사합니다. 덕분에 큰 깨달음을 얻었어요.

파도가 오면
그냥 즐기자

착한 일 하고
칭찬 스티커 안 받기

회사에 반차를 내고 조금 일찍 퇴근하는 길, 평소보다 한산한 버스에 앉아 창밖을 보다가 내가 탄 버스를 놓치지 않으려고 뛰고 있는 사람을 발견했다. 도로가 전혀 막히지 않았기에 버스는 이미 그를 지나쳐 정류장에 가까워지고 있었고 그도 슬슬 뜀박질을 멈추며 포기하려는 듯했다. 이 별것 아닌 장면을 기억하는 이유는 버스 기사님의 다음 행동 때문인데, 뛰고 있는 그를 발견하자 운행 속도를 천천히 늦추기 시작한 것이다. 일련의 과정이 아주 무심하고 느긋해서, 내가 조기퇴근의 기쁨으로 정신이 또렷한 상태가 아니었다면 알아채지도 못했을 것이다. 느려지는 버스를 본 그는 다시 뛰기 시작했고 무사히 탑승해 가쁜 숨을 골랐다.

참 고급진 배려다. 티 나지 않게, 요란스럽지 않게 상대방의 속도에 맞추는 것. 친절을 베푼 당사자가 그 행동 뒤로 숨어 자기를 드러내지 않는 것. 누군가 약속 시간에 늦어 초조한 마음으로 버스에 앉아 있었다면 상황이 그리 달갑지만은 않았겠지만 반차를 써서 이미 행복에 겨운 마음으로 그 광경을 지켜보던 나는 약간 더 행복해졌다.

오른손이 한 일을 왼손이 모르게 하라. 아무리 생각해도
어려운 일이다. 칭찬받을 만한 일을 한 아이에게 칭찬
스티커를 기대하지 말라는 것과 같다. 어릴 때의 나는
내 모든 선행과 배려를 만천하에 티 내고 싶어 안달을
냈다. 남들로부터 받는 칭찬과 인정에는 중독성이
있으니까, 달콤한 초콜릿처럼 한 입 베어 물면 일단 기분이
좋아지니까. 하지만 돌이켜 생각하면 칭찬 스티커를 얼마나
많이 모았는지는 중요하지 않았다. 스티커를 가장 많이
모은 어린이에게 돌아오는 건 소소한 명예와 포장지로 감싼
오천 원짜리 학용품 세트뿐이었는데, 심지어 필요한 물건은
하나도 들어 있지 않았다. 다만 친구들과 배려를 주고받으며
깊어지던 우정의 기쁨과 주어진 과제를 기어코 다 해냈을 때
스스로 느꼈던 자부심은 오래 기억에 남는다. 칭찬 스티커를
통해 어른들이 아이들에게 가르쳐주고 싶은 건 바로 그게
아니었을까.

엄마는 항상 말했다. 돈이든 쌀이든 마음이든 베풀고자
마음먹은 것은 나중에 돌려받을 생각일랑 안 하는 게
좋다고. 당장은 손해인 것 같아도 언젠가 과분하게 돌려받을

날이 온다고. 바로 동의하진 않았지만, 지금 연세에도
생일선물 하나 주러 세 시간 거리를 달려오는 친구를 둔
엄마를 보면 그 말이 맞겠다는 생각이 든다. 두루 베풀되
베푼 사실조차 잊어버리고 살다가 문득 뒤돌아보면 걸어온
발자국마다 꽃이 가득 피어 있는 인생길을 걸을 것. 배려
깊은 버스 기사님에게도 남은 인생에 꽃길만 가득하길 빌어
본다.

꽃길

노룩 스윗
No-look Sweet

　"서울 사람들은 빨리 걸어."

　다른 도시에서 살다 온 친구가 했던 말이다. 혹시
나도 포함되냐고 물어보니 아주 빠르진 않지만 느리지도
않단다. 어릴 때부터 걸음이 느리다고 종종 타박을 받았기에
태생이 나무늘보인 줄로만 알고 살았는데 주변 사람들의
걸음걸이가 지나치게 빠른 거였다니, 나무늘보 마음이 조금
편해졌다.

　나는 걸음을 재촉하는 타입이 아니다. 곧 출발하려는
버스를 잡으러 전속력으로 뛰거나(그런 일도 웬만해서는 없다)
일행과 대화하느라 정신이 팔린 게 아니라면 보통은 주변을
두리번거리며 천천히 걷는다. 관찰일지 같은 성격의 글을
많이 쓰는 건 자연스러운 결과일 것이다. 하루를 마감하는
밤에는 실제로 그날 눈에 담았던 것을 다시 떠올리고 곱씹게
마련이므로.

　매일 같은 곳으로 출근하는 직장인이 특별한 광경을
목격하기는 쉽지 않다. 출퇴근길에 마주치는 사람들은
목적지가 다 거기서 거기라 한 방향으로만 걷는다.
출근길에는 건물을 향해, 퇴근길에는 지하철역을 향해.

심지어 점심시간의 길거리마저도 이상하게 질서 정연하다. 총량으로 따지자면 하루 동안 본 사람의 앞모습보다 뒷모습이 훨씬 많을 것이다. 뒷모습에서 그럴듯한 표정을 찾기란 여간 어려운 일이 아니지만 어제는 바로 그 일이 일어난 이례적인 날이었다.

　　퇴근 후 지하철 에스컬레이터 계단 위 일직선의 인파에 섞여 있을 때였다. 나는 누군가 다치는 상황을 목격하는 걸 매우 두려워해서 에스컬레이터처럼 움직이는 기계장치 근처에 있을 때는 특별히 신경을 쓴다. 나보다 몇 칸 밑에 있는 노부부가 안전하게 내려서는지를 반쯤은 무의식적으로 지켜보고 있던 건 그래서였다.
　　에스컬레이터가 끝을 보이기 시작하자 할아버지는 한 칸을 먼저 내려서더니 뒤쪽을 향해 손을 쑥 내밀었다. 할머니는 쳐다보지도 않은 채 무심히 건넨 손이지만 의도는 명확했다. 할머니가 자연스럽게 그 손을 잡고 에스컬레이터에서 내려섰기 때문이다. 지켜보던 내 심장에 별안간 사랑스러움이 날아와 꽂혔다. 그 순간,

백발 할아버지의 뒷머리에서 표정 비슷한 걸 본 것도 같다.
사랑에 얼굴이 있다면 바로 그런 느낌이지 않을까.

보통 나처럼 주변을 관찰하며 걷는 사람은 길눈도
밝으리라 기대하기 쉽지만 오산이다. 내게는 정보를
선택적으로 기억하는 능력이 있는데 안타깝게도 주변
기물과 방향에 대한 정보는 선택받지 못했다. 이 능력은
때로 유용하고 때로는 주변 사람들을 열받게 한다.

"에스컬레이터에서 할머니에게 손 내밀던 할아버지는
기억하면서 어떻게 우리가 세 번이나 갔던 음식점 위치는
기억 못 하냐?"

진심으로 궁금한 듯 물어보는 친구에겐 딱히 대답할
말이 없었다. '글쎄, 손잡고 있는 노부부는 귀엽지만 음식점
건물은 안 귀여운 걸…'이라고 생각은 하지만 친구가 원하는
답은 아닐 것이 분명해 입을 닫았다.

낭만 사냥꾼

이모티콘이 없던 시절, 글자로만 나누던 대화의 풍경을
떠올려 본다. 꾹꾹 눌러쓴 손 글씨로 제일 처음 소통을
시도했던 건 아마 부모님께 쓴 편지였을 것이다. 어린이의
생활 반경에서 구할 수 있는 모든 종이, 날짜 지난 달력이나
전단지 뒷면, A4 용지, 신문지, 색종이 등은 어김없이
편지지로 재활용됐다. 내용은 글쎄, 가물가물한 기억을
소환해 보면 그건 편지라기보다 읍소문에 가까웠다.

'오늘은 친구 명진이랑 싸웠어요. 사랑해요.'
'용돈 더 필요해요. 사랑해요.'
'주말에 늦잠 자고 싶어요. 깨우지 마세요. 사랑해요.'

왜인지 모르겠으나 어릴 때 나는 편지라면 무조건
'사랑해요'로 끝맺어야 한다고 생각했던 것 같다. 아니면
자고로 요구사항이란 애정을 잔뜩 묻혀 편지글로 써야 더
호소력이 생긴다는 걸 아는 영악한 아이였을지도. 그러나
호락호락하지 않은 엄마는 사랑으로 거짓 포장된 어이없는
요구쯤은 가볍게 묵살하고 찌그러진 빨간 하트가 그려진

쪽지만 잘 챙겨서 앨범에 끼워 두곤 했다.

한글을 완벽히 익히고 나서는, 매 시각 다양하게 바뀌는 내 마음을 표현할 좀 더 간단하고 정교한 문자가 주어졌다. 메신저 채팅이 주된 소통 수단이던 학창 시절에는 키보드 자판으로 입력하는 표정 이모티콘(예: ^_^, +_+, >_<)을 즐겨 사용했지만 이젠 옛사람 취급을 받을 수 있으니 자제하고, 카카오톡으로 대부분의 대화를 나누는 요즘은 귀여운 캐릭터 이모티콘이 주류다. 카카오 이모티콘은 캐릭터도 표현 스타일도 훨씬 다양한 데다 심지어 움직이고 소리까지 난다. 그걸 만든 사람은 웃는 얼굴 이모티콘(^_^)을 처음 고안한 사람과 달리 수익 창출까지 할 수 있으니 얼마나 놀랍고 새로운 시장인가.

주변 사람들이 즐겨 쓰는 이모티콘에는 각자의 성격과 취향이 녹아 있다. 어떤 이모티콘은 그걸 쓰는 사람과 너무 잘 어울리는 나머지 거의 디지털 분신처럼 여겨지기도 한다. 세대 차이도 있다. 20대 후반의 직장 후배가 즐겨 쓰는 하찮고 삐뚤빼뚤한 이모티콘을 가만히 들여다보던 50대부장님은 "너는 그게⋯ 귀엽냐?" 하며 혼란스러운 표정을 지으셨다. 엄마는 내가 보내는 이모티콘을 나라고 생각하는 경향이 있다. 바닥을 데굴데굴 굴러다니는 게으른 다람쥐 이모티콘을 보내면 '얼씨구, 바닥 청소는 지 뱃살로 다 하고 있네'라는 대답이 돌아오는 식이다.

주고받는 말풍선 끝에 화려하고 귀여운 이모티콘을 붙이는 건 이제 거의 습관적이다. 이모티콘은 웃긴 상황을 좀 더 웃기게, 슬픈 상황을 좀 더 슬프게 만들어 주고 대답할 말이 모호할 때는 티 안 나게 얼버무릴 수 있다는 점에서 아주 유용하다. 그러나 이모티콘이 정작 대화의 본질을 흐릴 때도 있다. 본래는 더 무겁게 받아들여야 할 단어, 신중하게 곱씹어 봐야 할 문장들이 자칫 방심하면 귀여운 이모티콘들과 함께 떠내려가 버린다.

가끔 업무를 위해 이모티콘 없는 기본 문자 메시지를 보낼 때면 내 말풍선 속 단어들이 눈에 더 잘 들어온다는 사실을 깨닫고 놀라곤 한다. 말투는 어찌나 딱딱하고 어색해 보이는지, 휴대폰을 붙잡고선 처음 말 배우는 사람처럼 몇 번이나 문장을 고치게 된다. 고작 바닥을 굴러다니거나

제자리에서 점프하는 동물 이모티콘 몇 개 없을 뿐인데 내가
해야 할 말 한마디를 고르는 일에 이렇게나 신중해지다니.

　　방금 나는 매년 초 적어 내려가는 '작년의 내가 안 해봤던
일 해보기' 리스트에 추가할 만한 목표를 발견한 것 같다.
가까운 이들에게 이모티콘이 주렁주렁 매달린 메시지
대신 손으로 쓴 편지나 엽서 보내기. 아무 날에나 보내긴
계면쩍으니 생일이나 크리스마스를 핑계 삼아 꾹꾹 눌러
쓴 진심을 전달해 보는 거다. 예나 지금이나 편지 쓰기엔
그다지 소질이 없지만, 휴대폰 화면 속에서 쉽게 흘려보내던
일상의 수다들보다는 좀 더 오래 기억될 말과 마음을 나누게
되지 않을까.

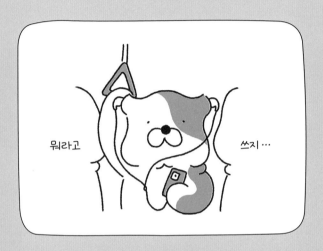

뭐라고   쓰지…

멋진 말을
쓰고 싶은데…

잘 잔 얼굴로 꿈 얘기를 해줘요

"누가 봐도 잘 잔 사람이네."

언젠가 막 자고 일어난 내 모습을 보고 친언니가 다소 비웃으며 던진 한마디다. 내가 숙면 여부를 온몸으로 티 내는 사람이란 걸 그 말을 듣고 처음 알았다. 한결같은 사람인 나는 여전히 얼굴에 숙면의 쪼가리를 달고서 길거리로 쏟아져 나간다. 덜 마른 머리칼에 부은 눈, 한쪽 볼엔 베개 자국이 남은 채로 햇살을 맞이하는 행동은 어쩐지 잠옷 입고 외출하는 듯한 죄책감이 들긴 하지만 어쩔 수가 없다. 관찰 결과, 지하철에 탈 즈음이면 베개 자국은 사라진다. 그런데 얼굴의 부기 변화는 종일 거울을 쳐다봐도 모르겠다. 얼굴이 붓는 건 너무 자주 있는 일이라서 이젠 어떤 모습이 진짜 나인지 알 수 없다. 오전 내내 부어 있는 게 일상이라면 그것도 그냥 내 얼굴 아닌가?

제아무리 완벽주의자라도 깊은 잠 뒤에 따라붙는 미묘한 꼬질함에는 무력하게 당하고 만다. 눈과 코는 약간 부어 있고, 체온은 따뜻하고, 머리카락은 보슬보슬하다. 사실 나는 사람들의 이런 아침 얼굴을 좋아한다. 출근길 지하철에서, 아메리카노 주문이 밀려드는 카페에서, 탕비실

정수기 앞에서 마주치는 멍한 표정들을 보면 덩달아 긴장이
풀리는 것 같다. 함께 여행을 다녀온 사람에게 더 친밀감을
느끼는 것도 서로의 아침 얼굴을 보았기 때문이 아닐까.
잠에서 덜 깬 맨얼굴을 보고 나면 그를 둘러싼 껍질 한 겹을
벗기고 알맹이에 더 가까워진 기분이 든다.

　　나는 방금 일어난 사람에게 슬쩍 "무슨 꿈 꿨어?"
하고 물어보는 것도 좋아한다. 나쁜 꿈 얘기를 하면 그런
허무맹랑한 꿈은 잊어버리라며 웃어 주고, 아무런 꿈도
꾸지 않았다고 하면 푹 자서 다행이라고 말해 준다. 사적인
작은 일에도 신경을 써주는 누가 곁에 있다는 사실이
때로 그 사람에게 든든한 힘이 된다는 걸 알기 때문이다.
만약 아침부터 벅찬 하루를 시작하는 것 같은 사람이 옆에
있다면 섣부른 조언 대신 잘 잤냐는 인사만 가만히 건네
보면 어떨까. 내 공용어 사전에서 그건 세상 무엇보다
포근한 안부 인사다. 간밤 당신의 머리맡에 온도와 습도가
적당했길, 악몽과 모기에 시달리진 않았길, 쓸데없는 휴대폰
알림에 방해받지 않았길 바라는 소소한 마음을 담아서

담백하게 건네는 말 한마디.

　"잘 잤어?"

　"잘 주무셨어요?"

　어제의 안녕을 말하며 오늘의 힘을 끌어내는, 따뜻한
수프 같은 문장을 후후 불어 전해 보자.

월요일

잘 자지 못한 걸
서로 알지만…

길 위의 친구들

퇴근 후 운동복을 주워 입고 헬스장으로 향하는 길에 강아지 한 마리가 신난 걸음걸이로 나를 앞질러 갔다. 강아지는 전체적으로 밝은 커피색에 발에서부터 무릎 위 3센티미터까지만 마치 축구 양말을 신은 것처럼 털이 새하얬다. 양말 신은 길고양이는 많이 봤지만 축구 양말을 신은 강아지라니! 이건 정말 충격적으로 귀여운 광경이다. 순간, 골을 넣고 세리머니를 하는 강아지 축구팀 같은 걸 상상하며 헤벌쭉 미소를 짓다가 강아지 주인과 눈이 마주치고 말았다. 속으로만 웃었다고 생각했는데 이놈의 입꼬리가 언제 올라갔지? 안 본 척 황급히 눈을 돌렸지만 이미 늦었다. 저분도 분명 당황하셨을 거야. 통화하는 척이라도 할 걸 그랬나? 후회하는 모습조차 여러모로 멋없는 상황이었다.

혼자 길을 걷다 웃음이라도 터지면 은근슬쩍 주변을 둘러보게 되는 건 나뿐일까? 길에서는 유독 튀는 행동을 하지 않아야 할 것 같은 기분이 든다. 바른 자세로 걷고, 표정은 자연스럽게, 사람들과 눈은 최소한으로 마주치도록

주의할 것. 흉흉한 세상에 이상한 사람으로 오해받기
싫어서도 있지만 이 경계심엔 좀 더 근본적인 원인이 있을
거라고 막연히 생각해 왔다. 나는 원래 남의 시선을 잘
의식하는 편은 아닌데, 혼밥도 혼술도 잘하고 헬스장에선
요상한 자세로 운동하는 것도 전혀 안 부끄러운데, 길에선
왜 그러는 걸까?

    요상한 자세로 어깨 운동을 하며 생각해 본 결과, 그건
'낯선' 환경에서의 심리적 방어기제인 것 같다. 길에서 나는
늘 어딘가로 향하고 있고 발걸음을 멈추지 않기 때문에
풍경이 계속해서 바뀐다. 이런 변화무쌍한 환경에서
마주치는 이들은 개개의 인물이라기보다는 덩어리로,
흐릿한 안개 너머의 잔상 정도로 애매하게 인식된다.
말하자면 대부분의 행인은 영원히 '낯선 사람'으로 남는다.
그리고 낯선 사람 앞에서 긴장하지 않기란 어려운 법이다.
어떤 면에서 홍대입구역 9번 출구 앞에서 '도를 믿으세요?'
하며 말을 걸어오는 이들은 믿을 수 없을 정도로 대담한
것이다.

　　낯선 사람이 낯설지 않게 느껴지는 순간도 분명히
있다. 버스킹의 성지라는 아일랜드 골웨이에서, 아이부터
어른까지 연주하는 신촌역 피아노 앞에서, 경복궁 지하철역
출구 계단의 바이올린 케이스 앞에서, 나는 네잎클로버를
줍듯 그런 순간을 마주치곤 했다. 길에서 라이브 음악
소리가 들리면 잠시 멈춰 귀를 기울이다가도 주변에 모인
관객들의 얼굴을 몰래 쳐다보게 된다. 순식간에 차분한
온기 같은 것이 퍼져 나간 거리에서 군중의 얼굴에 하나둘
피어나는 미소는 나를 안심시킨다. 서로를 낯선 존재로
느끼게 하던 차가운 안개를 서슴없이 걷어 낸다는 점에서
그렇다.

　　안개 너머에는 온기가 있다. 길 건너편 무표정의
저들에게도 퇴근 후 반겨 주는 가족이, 강아지나 고양이나
반려식물이, 택배나 침대가 있을 것이다. 나처럼 자기 전에
샤워하는 걸 가끔은 귀찮아하고, 기상 알람을 2분 단위로
맞춰 놓고, '하루만 더 신고 버려야지' 하며 구멍 난 양말을
신고 출근했는데 하필 그날의 식사 장소가 신발을 벗어야
하는 식당이고, 이런저런 일을 해결하려고 노력하거나

포기했고, 오늘의 후회와 내일의 걱정 사이를 헤매다 간신히
잠이 들지도 모를 사람들. 그런 상상을 하다 보면 차가운
거리에서 만난 타인이 낯설게 느껴지지만은 않는 순간이,
분명히 있다.

　　하지만 그렇다고 오늘의 나처럼 모르는 강아지를 보고
헤벌레 웃고 다녀도 된다는 건 아니다. 자칫 타인에게
불쾌감을 줄 수 있는 행동은 공공장소에서 안 하는 편이
좋다.

길에서 내 모습

괜히 인상 빡
(화난 건 아니에요)

아저씨, 저한테 왜 그랬어요?

나와 가장 공감대 없는 존재를 귀여워하는 데
성공한다면 앞으로 인생에서 정말 못할 일이 없지 않을까?
정말 무엇이든 귀여워할 수 있는 사람이 되는 거다.
그러므로 오늘은 내가 살면서 마주쳤던 어떤 아저씨들을
떠올리며 몇 자 적어 본다.

아가씨!
코로나라는 단어를 보면 맥주 브랜드보다 전염병을
떠올릴 만큼 팬데믹에 적응해 가던 시기, 나는 친구와 함께
막걸리를 마시며 김치전을 찢고 있었다. 술꾼인 우리는
SNS에서 핫하다는 예쁜 장소들보다는 노포 감성의 맛집을
즐겨 찾는 편인데 그런 곳은 십중팔구 중년 남성이 많고
테이블마다 소주가 최소 두 병씩은 비워져 있다는 점이
특징이다. 그날 전집에서도 어김없이 목소리 큰 아저씨들이
놀라운 속도로 소주를 삭제하고 있었는데 그중 얼굴이
불콰한 아저씨 한 분이 돌연 우리 테이블을 향해 "아가씨!
여기!" 하고 소리를 치는 게 아니겠는가. 술집에서 대뜸

아가씨라는 말을 듣는 순간 내 안의 전사가 깨어나는
기분을 느끼며 눈을 세모꼴로 뜨고 소리가 난 쪽으로 고개를
돌렸다. 싸울 생각은 없지만 상대가 알아들을 수 있을
만큼의 불쾌감은 표출할 생각이었다. 그러나 다음에 날아온
말이 예상을 빗나갔다.

"마스크! 마스크 떨어졌어."

남의 개인 방역에 오지랖을 베풀 정도로 세심하며
시야가 넓은 이 아저씨는 '아가씨' 말고 다른 호칭으로
날 불러 줄 순 없는 걸까. 혹은 존댓말을 사용한다거나.
어쨌든 나는 친절에 보답하기 위해 눈빛에 장착했던 도끼를
내려놓고 "아이고, 감사합니다. 집에 못 갈 뻔했네, 이거."
하며 과장된 몸짓으로 마스크를 주워 주머니에 넣었다.
아저씨는 그제야 흡족한 표정으로 본인이 하던 얘기에
집중했다. 정작 그의 친구들은 듣는 둥 마는 둥 각자의
소주잔에만 집중할 뿐이었지만, 내 일회용 마스크의 위생을
지켜 낸 아저씨가 행복해 보여서 다행이었다. 얼굴이
걱정스러울 정도로 붉긴 했지만.

우리 딸 대학 갈 수 있을까?

구성원의 평균연령이 높은 직장에서 몇 안 되는 '젊은이'를 맡고 있는 사람이라면 누구나 겪어 보았을 법한 어색한 상황이 있다. 바로 직장 상사가 자녀의 대학 입시에 대한 조언을 구하는 것. 전례 없는 취업난이 계속되는 현실에 자녀의 미래가 걱정은 되고, 그나마 최근 취업한(그마저도 몇 년 전이지만) 젊은이가 일터에 있으니 이것저것 물어보고 싶은 마음은 이해가 된다. 다만 이해가 안 되는 부분은 그렇게 따스한 아버지가 어째서 같은 자식뻘인 내게는 칼날 같은 폭언을 일삼았는지, 그 하나뿐이다.

매일 악몽을 꿀 정도로 지독하게 고통을 주던 상사로부터 그런 질문을 들었을 때는 당연히 좋은 대답을 하고 싶지 않다. 마음 같아서는 "현실을 너무 모르시네. 그 정도로 해서 되겠어요?"라며 독기 가득 자기계발 영상처럼 답하고 싶었지만, 사회성을 십분 발휘해 간신히 희망 섞인 조언을 내놓았다. 끝에는 "실은 저도 대학 들어간 게 꽤 오래전이라 잘은 모르겠지만요" 하고 빠져나갈 구멍을 만들어 놓은 채.

따지고 보면 별 도움도 안 될 내 말을 듣고 그의 이마에
아주 잠깐 근심이 스쳐 지나간 것도 같다. 이만하면 됐다.
나는 저 아저씨보다 훨씬 너그러운 데다 만물을 귀여워할
준비가 된 사람이기 때문에 그저 여유로운 미소를 지어
주기로 한다.

아저씨, 힘내요!

맛이 있었는데요, 없었습니다

내가 귀여워해 보려고 노력하는 아저씨 중엔 가끔
우리 아빠도 포함된다. 아빠는 음식 맛을 칭찬하면 안 되는
저주라도 씐 걸까, '맛있다'는 금기어를 내뱉었다간 평생
굶어야만 하는 운명이라던가. 아빠는 가족이 차려준 밥을
먹든 밖에 나가 외식을 하든 꼭 입 밖으로 불평을 내놓고서야
식사를 끝마친다. 어릴 때는 아빠가 그저 까탈스러운 사람인
줄 알았는데 자세히 보니 이상했다. "으어억 –" 하며 긴
탄식을 내뱉고 물로 야무지게 입까지 헹군 뒤 숟가락을

내려놓는 아빠의 밥그릇은 언제나 설거지라도 한 것처럼
깨끗했기 때문이다. 게다가 이쑤시개를 뽑아 들고 한발
물러나 배를 두드리는 모습은 꽤 만족스러워 보이기까지
한다. 이쯤 되면 '내 취향엔 별로 / 간이 세다 / 밍밍하다 / 요즘
애들은 이런 걸 먹냐 / 난 두 번은 안 먹는다' 같은 말들은
알아서 '최고! / 또 먹자' 정도로 번역해서 들어야 하는 걸지도
모르겠다. 세대를 초월한 소통을 위해 가끔은 내 맘대로
번역기가 필요하다.

마인드 컨트롤

사람을…!
미워하면 안 돼…!

나 하나도 안 취했어, 진짜로

'술이 세다'는 수식어에는 어떤 마약같은 중독성이라도 있는 걸까? 그런 게 아니라면 이 땅의 수많은 술꾼이 그토록 기를 쓰고 안 취한 척을 할 리 없다. 나는 하찮은 겉모습과 달리 술이 센 편이라 다소 허세 가득한 음주 생활을 즐겨왔으나, 몇 번의 흑역사 적립 끝에 요즘은 꽤나 겸손한 나날을 보내고 있다.

아무리 생각해도 술로 허세를 부려서는 득 볼 게 전혀 없다. 가끔은 남들이 내가 취했다고 믿게 내버려두는 게 속 편하기도 하다. 취했음을 인정하는 순간 술자리에서 깍두기 취급을 받을 수 있으니까. 하지만 "너 취했지?"라는 말을 들었을 때 묘하게 자존심이 상하는 건 여전하다. 술로 여수 밤바다를 주름잡았던 아버지와, 동해안 일출과 함께 잠들곤 했다는 어머니로부터 물려받은 술꾼 DNA 때문인가. 스무 살에 처음으로 술을 입에 댄 나는 단박에 내가 가진 재능과 잠재력을 알아보았고, 부모님 역시 술을 못 마시는 것보다는 잘 마시는 편이 낫다며 쿨한 모습을 보이셨다. 아마도 내가 애주가가 된 데는 이렇게 알코올-친화적인 가정환경이 한몫했을 것이다.

어쨌든 술꾼들의 자식으로서 자존심을 구기지 않으려면 술자리에서 몸가짐을 조심해야 한다. 방심했다가는 팔을 잘못 휘둘러 테이블 밑으로 젓가락을 떨어뜨리기 십상이고 그 순간 바로 취한 사람이라는 낙인이 찍히고 말 테니.

지인 A는 취하면 웃음이 많아지고 목소리가 커진다. 평소에 밝고 활기찼던 B는 술만 마시면 세상에서 제일 과묵한 사람으로 변한다. 취한 사람들에게서 흔히 볼 수 있는 반전이다. 어떤 게 본모습일까? 짐작만 할 뿐 속단할 수 없다. 언젠가 B가 술자리에서만큼은 말하는 것보다 듣는 걸 좋아한다고 했었는데 자세한 이유는 기억나지 않는다. 그가 내 앞에서, 내가 그 앞에서 어떤 이야기를 털어놓았는지 정확히 기억해 낼 수 없다는 점을 새삼 깨닫는다. 어떤 대화들은 유통기한이 매우 짧아서 해가 뜨고 나면 약간의 알코올 냄새를 남기고 사라져 버린다.

술을 마시면 솔직해진다고들 하는데, 취한 나는 평소보다 조금 더 용감해질 뿐 여전히 솔직하지 않다. 누군가에게 마음을 털어놓는 일은 술에 취했든 아니든

똑같이 어렵다. 약간 취했다고 느낄 때부터는 오히려 그 취기가 나를 속일까 걱정이 돼 자꾸만 감정을 검열하게 된다. 그래도 어떤 감정은 주체 못하고 흘러넘쳐 술잔을 가득 채울 테지만, 그건 내 의도를 벗어난 일이다.

때로는 그렇게 찰랑거리는 감정을 다 눈치채고도 모르는 척해 주는 이들이 고맙다. 좀 더 어렸을 때는 함께 술 마시며 마음속 말랑말랑한 부분을 꺼내 보이고는 다음날이면 아무 일 없었던 것처럼 구는 어른들이 너무 냉정해 보였다. 하지만 이제 안다. 그 침묵 속에 진심어린 배려가 숨어 있음을. 어쩌면 특정한 때와 장소에서만 감정을 폭발시킬 줄 아는 능력은 어른이 되기 위해 습득해야 할 덕목인지도 모르겠다.

다음날 온전히 기억해 낼 수 없는 한이 있더라도, 누군가 술에 취했을 때만 튀어나오는 솔직함을 예뻐해 줄 수 있나요?

누군가 나에게 묻는다면 그렇다고 대답하겠다. 술에 취했을 때 사람들은 자기 안의 어린아이를 꺼낸다. 적당히

취기가 올라 노곤하게 풀린 얼굴에는 약간 귀여운 면까지
있다(물론 무례해지거나 아무 데나 토하는 사람은 하나도 안 귀엽다).
젓가락을 자꾸 바닥에 떨어뜨리는 것, 부엌에 한가득 쌓인
설거지를 미루고 그냥 자는 것, 주변 이들에게 자꾸만
사랑한다고 말하는 것, 본심을 토해 냈으면서 모른 척해
주길 바라는 것…. 술 취한 행동의 이면에서 비틀거리며
반짝이는 마음들을 한 발짝 떨어져 바라본다. 언제나 그
마음을 단박에 알아챔과 동시에 적당히 모르는 척도 할 줄
아는 다정한 사람이고 싶다고 생각하면서.

할 수 있다···

#회식

누군가 술에 취했을 때만

튀어나오는 솔직함을

예뻐해 줄 수 있나요?

잘 먹고 잘 쉽시다!
알았죠?

병원에 가면 으레 인사말처럼 듣게 되지만 정작 말하는 사람도 얼굴에 스트레스가 가득하고, 듣는 사람도 지킬 생각이 별로 없는 바로 그 문장에 관한 이야기다.

자잘한 염증을 많이도 달고 사는 나는 올해 들어 병원을 찾는 일이 잦았고 다양한 색깔의 알약을 삼켰다. 다행히 약을 먹고 나면 증상 대부분은 자취를 감췄지만, 문제는 이런 식으로 신체 고장을 해결하는 게 과연 몇 살까지 가능할 것인가 하는 의문이 든다는 거다.

3일치 약 처방을 받으면 매번 아침약 하나가 애매하게 남는다. 그걸 먹을지 말지 망설이다 보면 괜히 생각이 많아진다. 이제 증상은 없지만 처방받은 건 다 먹어야겠지? 근데 언젠가는 반드시 또 아플 것 같기도 하고. 이런 찝찝한 상태에서 벗어나려면 역시 퇴사를 해 스트레스를 줄여야 하는 걸까…. 병원에 갈 때마다 지갑은 가벼워지고 마음은 무거워진다.

이번 주도 어김없이 급성 염증성 질환이 도진 나는 또 다른 처방전을 들고 약국에 갔다. 몸도 안 좋았고 병원에

다녀오느라 점심도 거른 데다 아직 주말이 오려면 한참
남은 화요일이었다. 약사에게 처방전을 건네는 내 어깨와
눈꼬리가 축 처져 있었을 게 분명하다. 고작 3일치 항생제를
처방받으면서 세상을 잃은 사람처럼 구는 나를 힐끗 쳐다본
중년의 약사님은 막 제조해서 가져온 약 봉투를 내려놓으며
말했다.

"잘 먹고 잘 쉽시다! 알았죠?"

어쩐지 망설이는 기색도 묻어나던 한마디. 그렇게
뻔한 말이 대단한 처방처럼 느껴졌던 건 아무래도 장소가
약국이기 때문이었을까. 감사합니다. 역시 뻔한 인사말과
함께 약국 문을 열고 나와 사무실로 복귀하면서 그 한 문장을
비타민 음료 마시듯 천천히 음미했다. 좋은 기운이 온몸으로
퍼져 나가 몸과 마음의 염증까지 물리쳐 주길 바라면서.

'잘 먹고 잘 쉬라'는 의료인의 공식 처방을 받았으니,
저녁에는 모처럼 엄마표 반찬과 만두를 꺼내 먹었다. 관리를
한답시고 한동안 닭가슴살, 두유, 고구마로만 채우던 저녁
식탁에 오랜만에 김이 모락모락 나는 음식이 올랐다. 칼로리
폭탄이라는 불명예스러운 꼬리표를 뗀 엄마표 만두는

마법이라도 거는 듯 순식간에 허기를 달래 주었다. 따뜻한
물로 샤워하고 침대에 누우니 몸이 한결 가벼웠다. 으음,
이만하면 내 몸에 잘 대접을 한 것 같은데. 내일 컨디션이
너무 좋아져서 막 날아다니는 거 아냐? 일 너무 열심히 하면
곤란한데. 받는 만큼만 하고 싶은데.

　　이불을 폭 덮고 누워서 생각했다. '잘 먹고 잘 사는'
사람이 되려면 처음 본 사람이 건넨 따뜻한 말 한마디와 나를
가장 잘 아는 사람이 만들어 준 맛있는 한 끼 정도면 충분한
거라고.

우리가 함께 있는 건
추위를 피하기 위해서야

"눈 온다!"

금요일 오후 3시, 일하는 척하면서 수시로 창밖을 보고 있던 나는 눈 소식을 물어다 곧바로 팀원들에게 뿌렸다. 엄밀히 말해 첫눈은 아니었지만 눈송이가 손에 잡힐 듯 펑펑 오는 눈은 올겨울 들어 처음이었다. 옆자리 동료가 내 말을 듣고는 탄식하며 자리에서 일어났다.

"으악 싫어, 저녁에 약속 있는데."

하긴, 금요일이라 가뜩이나 붐비는데 눈까지 오면 힘들지. 나 역시 집에 가는 길에 통과해야 할 무지막지한 오르막을 생각하며 쓸쓸해하고 있었으니까. 공감하며 고개를 끄덕이는데 어라, 자리에서 일어난 동료는 어느새 창문에 바짝 붙어 눈 오는 영상을 찍는 중이다. #함박눈 #겨울 #감성 #올해도안녕 해시태그와 함께 인스타그램 업로드를 마친 그는 다시 현실로 돌아와 꽁꽁 얼어붙을 도로와 안 잡힐 택시 걱정을 한다. 역시 요즘 사람들은 두 개 이상의 자아를 가진 게 분명하다. 나만 그런 게 아니라서 다행이야.

한파 특보가 내려진 날이었다. 문을 열고 나가기 전에
옷을 단단히 여미고 심호흡하게 될 정도로 추웠다. 겨울이
다시 올 걸 알면서도 마치 여름이 영원할 것처럼 방한 부츠
하나 사놓지 않은 안일함을 탓하며 조심스레 눈을 밟는다.
하얀 입김을 호호 불어 가며 신호가 바뀌기를 기다린다.

신호등은 너무 덥거나 너무 추운 날에 유난히 길게
느껴진다. 칼바람에 귀가 베일 것만 같아서 주의를 다른
곳으로 돌렸다. 주머니에 손을 넣고 제자리에서 종종거리는
사람, 이날만을 기다려 왔다는 듯 각종 방한용품을 전신에
두르고 여유만만으로 아이스 아메리카노를 손에 든 사람,
마침내 해탈했거나 혹은 마침내 얼어 버린 게 분명한 듯
미동도 없이 멈춰 있는 사람, 그리고 조금이라도 체온을
나누기 위해 서로를 끌어안고 있는 연인들…. 두툼한 외투
탓에 가뜩이나 동글동글해진 실루엣들이 뒤뚱거리며 모여
있기까지 하니 꼭 남극 한복판의 펭귄들 같아서 미소가
지어졌다. 물론 입은 꾹 다문 채로. 추울 때 입을 벌리면 이가
시려워서….

올해는 연말 분위기도 별로 안 나는 것 같아요.

직장인이 된 후로 여기저기서 듣는 말이다. 처음 그 말을 들었을 때는 '이만하면 연말 분위기 나는데, 이 사람들 전에는 도대체 얼마나 멋진 연말을 보냈던 거야?' 하며 의아해하곤 했는데 이젠 들은 척도 안 하고 넘긴다. 뭐랄까, 너무 들뜨거나 너무 처지기 싫은 어른들의 마음이 담긴 그저 그런 빈말 같아서. 해가 바뀐다고 세상이 달라지는 것도 아닌데 눈밭을 뛰노는 강아지처럼 마냥 해맑기는 좀 머쓱하니까 말이다.

하지만 이 귀여운 사람들은 연말 같지도 않다고 중얼거림과 동시에 연말이라는 핑계를 앞세워 온갖 약속을 잡고, 남은 연차 끌어다 쓸 계획을 세우고, 평소에 안 하던 안부 메시지를 주고받는다. 나도 기꺼이 그중 한 명이 되어 열심히 송년 모임 장소를 고른다. 지도 앱에 즐겨찾기 된 장소가 점점 늘어나고 있다.

술잔을 부딪치며 누군가는 웃고 누군가는 우는 연말 모임은 해가 갈수록 빈도가 줄어들지만 대화의 밀도는 더 높아지는 것 같다. 그 마음들을 다 헤아릴 순 없지만, 해

바뀌기 전에 얼굴 보자는 핑계로 짧은 안부라도 나눌 수 있어 다행이라 생각한다. 12월 일정 맞추기에 실패하면 굳이 '신년회'라는 이름으로 해를 넘겨서라도 자리를 만들고야 마는 뻔뻔함까지 서로 용인하는 사이라면 더욱 좋고. 한 살 더 먹기는 싫고, 출근도 싫고, 이것도 저것도 싫다고 투덜거리면서도 새해 복 많이 받으라는 말만은 놓치지 않는 다정한 나의 친구들에게 받은 만큼의 복을 돌려줘야지. 복이라는 건 말로 주고받을 때마다 두 배, 세 배씩 더 커지는 거라면 좋겠다.

애주가와 일반인의 뇌 구조는 다르다

요 며칠은 저녁 시간대에 카페에 나가 있는 날이 많았다. 겨울이 되면 오래된 월셋집엔 야외 취침 맞먹는 한기가 도는데 책상에 앉아 키보드를 두드리자니 손이 시려워서 따뜻한 카페로 피신한 거다. 막상 해보니 집중이 꽤 잘 되는 데다 연말 분위기도 진하게 느껴져서 은근슬쩍 저녁 루틴에 끼워 넣었다. 그렇게 퇴근 후 소일거리를 싸 들고 동네 카페에 출석하기를 여러 날, 딴짓을 하며 주변을 둘러보다가 평일 저녁인데도 술을 여러 잔 걸친 이들이 제법 많다는 걸 알아차렸다.

어색한 풍경은 아니다. 내가 사는 동네는 회사가 많고, 회식하기 딱 좋은 술집도 많으며, 그 술집에서 쏟아져 나오는 불콰한 얼굴의 회사원도 많기 때문이다. 평일 저녁이라는 시간대도 크게 중요하진 않다. 나 역시 직장인으로 평일 음주 자제하려 하지만 어떤 회식은 천재지변과도 같아서 요일을 가리지 않고 닥쳐오니까. 그러므로 내가 호기심을 느낀 건 좀 다른 관점에서였다.

도대체 술을 마시고 왜 카페에 가는가?

나는 술 마시고 카페 가는 걸 싫어한다. 내 친구들은 모두

아는 사실이다. 신나게 맥주를 마시다가 그게 커피로 바뀌면
김이 새잖아. 볼은 이미 빨개졌고 입을 열면 알코올 냄새가
진동할 게 뻔한데 카페에선 점잖고 멀쩡한 사람처럼 앉아
있어야 하니 부담스러워. 동네방네 떠들고 다녔던 내 주장의
논거들을 하나씩 되짚어 본다. 그런데, 이 모든 이유가
저들에겐 해당이 안 된다는 말이지? 낯선 사고 회로를
이해해 보려 애쓰다가 나름대로 결론을 내렸다. 애주가와
일반인의 뇌 구조는 근본적으로 다르구나.

　"카페에서 술 좀 깨고 가자."
　언젠가 한 친구의 말을 듣고 충격을 받았다. 우리는
오랜만에 만나 곱창을 굽고 소주 몇 잔을 털어 넣은
직후였다. 아니, 왜 지금 깨어나려고 하나요? 곱창으로
뱃속에 기름칠을 했으니 이제 톡 쏘고 소화도 돕는 무언가,
예를 들면 맥주 같은 걸 넣어 줘야 이치에 맞는데? 충격에
빠진 나를 보고 친구도 충격에 휩싸였다. 아니, 방금 그렇게
술을 마셔 놓고 맥주가 또 들어가? 배 안 불러? 서로를
이해할 수 없는 두 사람은 길 한복판에서 충격의 도돌이표를

주고받다가 결국 카페에 가는 걸로 합의를 봤다. 내가 한발
물러선 것이다. 애주가는 일반인에게 술을 강요해선 안
된다. 그건 애주가 세계의 매너다.

술 약속은 보통 숫자로 구성된다. 1차, 2차, 3차…
늘어나는 숫자에 따라 알코올 누적량도 응당 늘어나야
한다. 내가 술자리에 참석할 때의 마음가짐이 그렇다는
얘기다. 애초에 논알코올로 시작했으면 모를까, 알코올로
시작해 논알코올로 끝나는 술자리는 안 될 말이다. 술을
마시고 카페에 가면 차수는 늘어나지만 체내 알코올 농도는
오히려 희석된다. 물론 위의 경우처럼 일행이 원한다면
한발 물러설 수 있지만, 나는 '술 깨러' 카페에 가면 오히려
졸음이 쏟아지고 컨디션이 안 좋아진다. 체질에 안 맞는다는
뜻이다. 사실 평일에 술 약속을 안 잡는 것도 그래서다.
출근이라는 불청객이 테이블 너머에서 나를 노려보지 않는
상황에서 맘 편히 뱃속에 알코올을 채워 넣으려고.

지금 글을 쓰고 있는 장소는 꽤 늦은 시간까지 영업하는
동네 카페다. 시간은 저녁 9시. 2시 방향에 테이블 두 개를

붙여 옹기종기 앉은 이들의 얼굴이 유난히 붉다. 그중 몇이 주변을 어색하게 두리번거리면서 애써 목소리를 낮추려는 표정이 여기서도 읽힌다. 술집이라면 자신 있게 목소리를 높이거나 와하하 웃음을 터뜨렸을지도 모르지만 아무래도 이곳은 캐럴이 흘러나오는 카페인 데다 조명도 너무 밝으니까. 게다가 나 같은 사람 몇이 자못 심각한 얼굴로 키보드를 두드리고 있지 않은가.

왠지 그 머릿속이 훤히 들여다보이는 걸 보니 저들은 나와 비슷한 애주가의 뇌 구조를 지닌 게 틀림없다. 취향에 맞는 음료 한 잔씩을 손에 들고 즐겁게 이야기를 나누며 '술 좀 깨고' 있는 다른 사람들과 달리 어딘가 불안해 보이는 저 표정, 일찍 집에 가긴 글렀지만 내일의 출근을 위해 가까스로 이성의 끈을 붙잡고 있는 듯한 태도. 그 모습에 애틋함과 동질감마저 느껴지기에 비록 30분 전보다 목소리가 커진 것 같아도 짐짓 모른 척하기로 한다.

천 원은
  선 넘었네

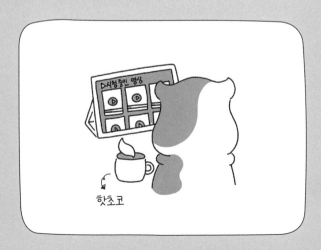

사람은 두 부류로 나뉜다. 밥을 해 먹는 자와 사 먹는 자.
밥을 사 먹는 자는 또 두 갈래로 나뉜다. 무던파와 미식가파.
전자는 딱히 맛집을 찾아다니지 않는다. 평점보다는
식당과의 거리가 더 중요하다. 누군가 추천하는 식당으로
이끌려 가길 좋아하며 입맛도 무던한 편이다. 후자에 속한
이들은 핸드폰 지도 어플에 온갖 맛집이 빼곡히 즐겨찾기
되어 있고 그 데이터베이스를 바탕으로 모두에게 맛집을
추천하고 전파하는 걸 사명처럼 여기는 사람들이다.

나는 집에서 뭔가를 만들어 먹긴 하지만 요리라고
하기엔 부끄러운 수준이고 메뉴도 한정적이므로 '밥을 사
먹는 자'에 가깝다. 그러나 무던파와 미식가파 중 하나를
고르라면 조금 애매한 포지션이다. 유명 맛집에 많이 가보긴
했는데 그걸 기억하지 못해서다. 내 즐겨찾기 목록은 모임이
있을 때 선택지로 몇 개는 내놓을 만큼의 지역별 장소가
추려진 정도다. 그런 주제에 맛집은 어떻게 많이 가봤냐고?
신기하게도 주변에 항상 미식가파에 속하는 맛집 사냥꾼이
존재했다. 입가에 점이 있으면 먹을 복이 많다더니, 입술
위쪽에 작은 점이 네 개나 있는 나는 이 고마운 사람들로부터

맛집 정보를 넙죽넙죽 받아 먹으며 함께 잘 살아온 것이다.

맛집 사냥꾼 중에서 특히 흥미로운 유형은 '스토리텔러'들이다. 한번은 이 유형에 속하는 친구의 동네에서 밥을 먹은 적이 있다. 원래도 뛰어난 맛 정보력에 동네 주민이라는 이점까지 더해졌으니 이건 결코 실패할 수 없는 식사였다. 친구는 한껏 높아진 기대치만큼의 아우라를 지닌 식당이 있다며 자신 있게 나를 이끌었다. 그는 식당 도착 전부터 그 집이 왜 내 취향에도 어울리는지, 어떤 메뉴를 먹어 봐야 하는지, 사장님의 응대 방식과 식당의 룰은 어떠한지를 브리핑하며 이야기 도입부를 탄탄하게 다지더니 자리를 잡고 앉아 본격적으로 입을 풀기 시작했다. 처음에 이 가게를 어떻게 발견했는지, 주로 누구와 몇 살 때부터 즐겨 찾았는지, 그중 가장 기억에 남는 방문은 언제였고 어떤 메뉴를 얼마나 많이 먹었는지… 퇴근 후 이곳을 찾아 술 한잔 기울이던 시절의 향수로 약간의 여운을 남기며 이야기가 마무리되자, 이윽고 모락모락 김이 나는 음식이 등장했다.

맛은 역시나 훌륭했지만 무엇보다 친구의 추억담이
다른 곳에서는 맛볼 수 없는 핵심 조미료 역할을 했다.
아마 혼자서 찾아왔다면 조금 덜 인상 깊은 맛이었을지도
모른다. 나를 위해 가장 좋아하는 맛집을 기억해 내고, 그
맛과 장소에 얽힌 이야기를 재미나게 들려주고, 마침내
첫술을 뜨는 나를 기대에 찬 눈빛으로 쳐다보던 친구의
오지랖이 귀엽고 고마워서 나는 일부러 더 과장되게 맛
표현을 해줬다. 그리고 내가 청양고추에 거의 미친 사람이란
걸 알고는 미리 밑반찬을 리필 중인 친구의 뒷모습을 보며
생각했다. 앞으로 다른 사람에게 이 식당을 소개할 일이
생긴다면 '국물이 깔끔하고 김치가 맛있다'는 객관적인 맛
평가보다는 '내 친구가 10년 동안 다닌 맛집이래'라는 말을
먼저 해야 할 것 같다고.

해외여행은 설렌다. 예상 밖의 일이 많을 걸 알아서다.
또한 해외여행은 피곤하다. 예상 밖의 일이 너무 많이
일어나서다.

나는 여행을 좋아하고 어디로든 자주 떠나는데도 출국
전날은 항상 비슷한 걱정에 휩싸였다. 가방 잃어버리면
어떡하지? 비행기가 연착되면? 사고가 나면? 충전기는
챙겼나? 공항에서 숙소까지 어떻게 가더라?

모든 일에 대비할 수 없다는 걸 알지만 그럼에도 안 좋은
경우의 수를 최대한 차단하고 싶은 게 사람 마음인 건가.
그러나 때론 익숙함이 침투하는 속도가 걱정의 속도보다
빠를 때도 있다. 익숙함은 지겨움과 어깨를 맞대고 있어서
한때 아름다웠던 기억들을 슬픈 과거형으로 만들어 버린다.
한때 불탔던 사랑, 한때 좋아했던 음식, 한때 즐겨 읽던 소설,
한때 가슴 벅찼던 관계 그리고 한때는 설렜던 여행처럼.

한때 나는 비행기만 타도 설렜다. 이제는 비행기를 타면
허리가 아프다는 생각을 먼저 한다. 한때는 여행지에서
커피만 마셔도 설렜지만 이제는 그 커피가 특별히 맛있지
않다면 감흥이 없다. 한때는 외국어로 된 영수증과 비행기

티켓을 버리지 못하고 한국까지 고이 모셔 왔지만 이제는 아무렇지 않게 티켓을 구겨 호텔 쓰레기통에 버리고 온다. 오랜만에 호주 여행을 계획하면서 내가 가장 걱정한 건 이 부분이었다. 이렇게 멀리 가는데도 충분히 설레지 않으면 어쩌지? 그 실망감을 감당할 자신이 없었다.

    호주로 떠나는 날, 나는 좁기로 소문난 저가항공의 이코노미석에 앉아 촉각을 곤두세우고 있었다. 장거리 비행인 만큼 옆에 누가 앉는지가 중요했다. 이윽고 한 외국인 남성이 나타나 조심스럽게 옆좌석으로 몸을 구겨 넣기 시작했다. 솔직히 우리 둘의 체격 차이를 감안하면 자리를 조금 넘어와도 기분 나쁘지 않았을 텐데, 상냥한 그는 원래부터 어깨가 구겨진 채로 태어난 사람처럼 열 시간의 비행 동안 한 번도 내 자리를 침범하지 않았다. 내 어깨까지 덩달아 저릿해지는 착각이 들 무렵, 그는 가방에서 주섬주섬 무언가를 꺼냈다.
    그것은 뜻밖에도 새우깡과 바나나 우유. 설레는 표정으로 사진부터 찍는 걸 보니 아마도 한국 여행의

마무리를 장식하기 위해 준비한 간식인 듯했다. 이어서 그는
새우깡을 한 개씩 소중히 입에 넣으며 그야말로 '찐행복'의
표정을 지었다. 잠시만요, 그게 그렇게까지 맛있지는 않을
텐데요? 자고로 새우깡이란 '술이 더 마시고는 싶은데
배가 부를 때 만만하게 집어 먹는 안주' 정도가 아니던가.
하지만 그의 행복 99퍼센트 새우깡 먹방을 보고 있자니 내
마음도 덩달아 흡족해졌다. 그렇지, 별것 아닌 과자 하나도
별미처럼 느껴지는 게 여행의 맛이긴 하지. 아무래도 자리가
너무 좁아서, 우리 어깨가 거의 맞닿을 뻔해서, 그의 설렘과
즐거움이 내게로 전염된 모양이었다.

　　고된 비행을 마치고 시드니 공항에 도착했을 때
설렘은커녕 허리와 목이 지독하게 아팠다. 이사 가는
동네마다 진료 잘 보는 정형외과부터 찾아다니게 만드는
나의 고질병, 척추측만증 때문이다. 하지만 새우깡을
음미하던 외국인의 표정이 내내 잊히지 않았고 그 모습이
떠오를 때마다 나도 이번 여행에서 경험할 것을 과장되게
즐겨 보겠노라는 각오가 생겼다. 그래서 예약 사이트에서

본 사진보다 뷰가 훨씬 별로였던 호텔에 짐을 풀 때도, 마셔 본 중 제일 맛있지는 않은 커피를 마실 때도, 잘 찾아보면 한국에도 있을 법한 건물과 나무들을 보면서도 '아 진짜'라는 감탄사를 붙여 가며 과하게 즐거워했다. 아 진짜 좋다! 진짜 맛있다! 진짜 예쁘다! 진짜 신기하다!

그 결과 나는 똑같은 바다와 건물 앞에서 몇 번이나 사진을 찍고, 사소한 귀여움을 찾아내 감탄하고, 모든 음식과 술을 맛있게 먹어 치우고, 상술에 기꺼이 넘어가 만 원짜리 키링을 아무렇지 않게 사는, 조금은 멋없는 여행자가 되어 있었다. 하지만 이상하리만치 마음이 편하고 근심 없이 설레기만 하는 이런 여행의 감정을 내가 얼마나 그리워했던가.

한국에 돌아온 후 호주 여행 어땠냐는 물음에 "이민 가려고요!"라고 답하고 다녔다. 물론 농담이다. 여행자의 철없는 행복과 이민자의 삶은 하늘과 땅만큼 다르다는 것을 잘 안다. 그래도 뭐, 사람 일은 아무도 모르는 거니까, 속으로 생각하면서 출근 지하철에 몸을 싣는다. 소중한 내 서식지이자 누군가에게는 여행지일 이곳, 10월엔 노을이

예쁘고 1월엔 눈이 쌓이는 서울. 내가 나고 자란 이 도시가
익숙하다 못해 지겨워지지 않도록 괜히 억지로 감탄할
거리를 만들어 본다. 자꾸만 감탄하는 게 여행을 즐기는
비법이라면, 나는 지금 이곳에서도 몇 번이고 다시 할
자신이 있다.

여행

누가 봐도
제주 여행
↖ 다녀온 사람

    친구들과 술 한잔, 아니 여러 잔을 걸치고 귀가하는 길에 버스를 타고 한강공원 근처를 지나다가 충동적으로 하차 벨을 눌렀다. 적당히 오른 취기, 시원한 초겨울 날씨 그리고 반짝이는 한강 야경. 감기 걸리기 딱 좋은 상황이지만 낭만을 챙기기에도 딱 좋은 날이다. 나는 그냥 두 가지를 모두 챙겨도 할 수 없다는 마음을 먹고 아무 계단에나 걸터앉아 캔맥주를 땄다(지금 이 글은 기침을 하며 쓰고 있다).

    한강 혼맥 정도야 취업준비생 시절부터 즐기던 낭만이기에 새삼 두려울 것도, 부끄러울 것도 없다. 이어폰을 귀에 끼고 밤 감성 플레이리스트를 재생한 뒤 풍경의 일부가 된 사람들을 구경한다. 11월인데도 날씨는 이상하리만치 포근했으나, 밤이 되자 제법 초겨울다운 쌀쌀한 공기가 볼에 와 닿았다. 어떤 사람들은 담요를 머리끝까지 뒤집어쓰고 꿋꿋이 치킨을 먹고 있다. 나도 한강 피크닉을 좋아하긴 하지만 사실 이 계절에 여기서 돗자리를 깔고 음식을 먹는 건 맛의 측면에서 좋은 선택이 아니다. 차디찬 강바람에 음식이 매우 빠른 속도로 식기 때문이다.

맥주를 한 모금 마시고 고개를 돌리자 요즘 유행하는
댄스 동영상을 찍는 학생들이 보였다. 대단한 열정이군.
지금 내가 저 동작을 따라 했다가는 발목이 부러지고 말
거다. 저들의 발목이 오래오래 튼튼하기를…. 다시 한 모금.
남자 것으로 보이는 외투가 여자 어깨에 걸쳐져 있고 둘 다
예쁜 미소를 지으며 천천히 걷고 있지만 손은 안 잡았다. 썸
타는 중이로구나. 행복하세요! 또 한 모금. 한 쌍의 커플이
꽤 심각한 얼굴로 싸우더니 각자 다른 방향으로 사라져
갔다. 뭐지, 나 방금 앉은자리에서 사랑의 시작과 끝을 본 것
같은데. 당황하며 한 모금 더. 코를 박으면 갓 쪄낸 고구마
냄새가 날 것만 같은 갈색 강아지 발견. 지금 이 순간, 나는
또 저 강아지의 주인이 미치도록 부러울 뿐이다.

외투 속까지 한기가 스며들 무렵 맥주도 때맞춰 바닥을
보였다. 여기서 한 캔을 더 따면 진짜 무슨 일이 날지 모른다.
수많은 음주 경험을 통해 터득한 지혜로 미련 없이 자리를
털고 일어났다. 꽤 늦은 시간인데도 한강공원에는 여전히
사람이 많았다. 따뜻하고 좋은 음악도 나오고 편한 화장실도
있는 술집을 다 놔두고 초겨울 강바람마저 기꺼이 견디게

하는 이곳의 매력은 뭘까. 아마도 한강 야경에는 사람
냄새가 묻어 있기 때문이 아닐까.

　　비록 지금은 하늘도 물도 나무도 깜깜하지만 사람들이
모여 만드는 별빛 같은 반짝임은 '우리 여기에 있어, 그러니
안심해'라고 속삭이는 듯하다. 강물은 그 반짝임을 끌어안은
채 조용히 흘러가고, 내 사소한 고민들도 물결 위를 둥실
떠다니다가 저 멀리로 사라지고 만다. 다음번에도 이 모습
그대로 있어 줄 것을 믿기에 엉덩이를 툭툭 털고 일어날 때도
하나 아쉽지 않은 곳. 더위를 싫어하는 내가 내년 여름을
기대한다면 그건 바로 한강의 야경 때문이다.

한강

Part 02

다
내가 너무 귀여운
탓이지

SNS 알고리즘을 따라 헤매는 남의 고양이 애호가

고양이를 사랑한다. 그러나 가족으로 맞이할 수가 없다. 치명적인 알레르기와 비염 때문이다. 게다가 나는 매일 출근하는 사람이라 시간을 유연하게 쓰기 어렵다. 당장 내 삶도 네모 바퀴처럼 간신히 굴러가는 중인데 고양이 삶까지 보살필 수 있을까? 그건 의지만으로 해결되는 문제가 아니다.

대신에 나는 산기슭을 어슬렁거리는 하이에나처럼 SNS 알고리즘을 따라 헤매며 남의 고양이를 찾아다닌다. 현실의 결핍을 온라인에서 손쉽게 메우려는 현대인답게, 얼굴이 크고 배가 토실하며 주인도 이해하지 못할 맹한 행동을 하는 고양이들을 염탐하며 귀여움에 몸서리친다. 전 세계의 귀여운 고양이 사진을 내 방 침대에 누워 무한히 구경할 수 있다니, 참으로 좋은 세상이다.

하염없이 새로고침을 하다가 고양이 사진이 나오면 재빨리 멈춰 '좋아요'를 누른다. 이건 일종의 '알고리즘에 먹이 주기' 행동이다. 이 계정 주인은 고양이 사진에 환장하는 사람이니 알고리즘에 즉각 반영해 SNS 피드를 고양이 사진으로 도배해도 된다는 허락의 제스처라고나 할까.

　고양이를 향한 짝사랑은 내 일상 전반에 스며 있다. 나쓰메 소세키의 소설《나는 고양이로소이다》를 읽게 된 데에도 사실은 제목이 한몫했다. '화자를 고양이로 설정해 풍자적으로 써내려간 1900년대 일본 그리고 인간 사회 전반의 모습'이라는 식의 설명을 먼저 보았거나 비슷하게 재미없는 제목이었다면 거들떠보지도 않았을 것이다. 하지만 "나는 고양이로소이다!"라고 점잖게 선언하는 고양이라니, 다부진 대장 고양이의 기개마저 느껴지는 제목이 아닌가. 소설은 분량도 꽤 있고 마냥 가볍게 읽을 만한 내용은 아니지만 고양이 시선으로 본 인간의 모습이 정말 그럴싸해서 헛웃음이 나는 부분이 많다.

　예를 들면 이런 문장. '그런 생각을 하면 인간은 참으로 분에 넘치는 자들이다. 날것으로 먹어야 할 것을 굳이 삶고 굽고 식초에 절이고 된장을 바르는 등 기꺼이 쓸데없는 수고를 하며 서로들 무척 기뻐한다.' 분에 넘치는 인간인 나는 어제도 쓸데없는 수고를 하며 새우볶음밥을 만든 뒤 무척 기쁘게 먹었다.

　　그런가 하면, 고양이의 걷기 운동에 대해서는 이런 식으로 폄하한다. '단지 네 발을 역학적으로 운동시켜 지구의 인력에 따라 대지를 오가는 일은 너무 단순하여 흥미가 일지 않는다.' 햇빛 아래 늘어져 있는 고양이 한 마리가 절로 연상되는 구절이다.

　　요 며칠은 어쩐지 기운이 없고 짜증이 불쑥 솟구치는 일이 잦아서 퇴근 후 곧바로 침대에 누워 고양이가 화자로 등장하는 소설을 읽다가 휴대폰으로 남의 집 고양이나 염탐하는 생활을 하며 지냈다. 내가 사랑하는 그 어떤 사람에게도 짜증의 불똥을 튀기고 싶지 않았기 때문이다. 사람이라서 사람이 싫고 사람이라서 사람을 사랑하고, 이 무슨 어려운 인생이란 말인가. 정성스럽게 답변할 자신이 없는 문자와 전화는 잠시 치워 두고 털동물의 세계로 입장한다.

　　'참나, 이 귀여운 고양이는 대체 뭐지. 한 번만 만져보고 싶다. 엄청 따뜻하고 부드럽겠지?'

모난 마음은 이내 쭉쭉 늘어나는 고양이 뱃살처럼
흐물흐물해진다. 따뜻하고 부드럽고 귀여운 이 생명체는
방금 그 존재만으로 한 인간을 구했다. 고양이가 세상을
구할 동안 기적처럼 효과적인 알레르기 치료제까지
개발된다면 금상첨화일 텐데.

앗 고양이다!

길은 못 찾아도
고양이는 잘 찾음

사람이라서 사람이 싫고

사람이라서 사람을 사랑하고,

이 무슨

어려운 인생이란 말인가.

여자 둘이 낡은 집에 살고 있습니다

　때는 2019년. 김하나, 황선우 작가가 함께 살며 쓴 좌충우돌 동거 에세이 《여자 둘이 살고 있습니다》를 재미있게 읽은 나는 친한 친구 키위에게 책을 빌려줬다. 고등학교 동창인 우리는 틈만 나면 밤늦게까지 술을 마시느라 택시비를 너무 많이 썼고, 이렇게 돈을 쓸 바엔 같이 사는 게 낫지 않겠냐며 술기운 가득한 헛소리를 주고받던 참이었다. 키위도 그 책을 아주 재미있게 읽었다. 마침 우리 둘 다 독립을 원하고 있었고 직장도 가까웠다. 우리의 '택시비 아까워서 같이 살기' 농담은 그즈음부터 더 이상 농담이 아니게 됐다.

　함께 살기로 결정한 뒤 집을 알아보고 월세 계약을 하기까지 한 달도 채 안 걸렸던 것으로 기억한다. 성격이 급하고 추진력으로는 따라올 자 없는 키위와 꼼꼼한 마무리에 강한 내가 만나니 일이 일사천리로 진행되었다. 책 한 권을 계기로 그렇게 얼렁뚱땅 시작된 동거가 장장 5년째 이어지고 있다. 술 마시다 같이 살게 된 여자들답게 좁은 거실 한편에 와인 냉장고까지 들여놓은 채로.

　죽마고우도 원수지간으로 만들어 버린다는 둥, 휴지
거는 방향이나 빨래 개키는 방법으로도 싸우게 되는 게
친구와의 동거라는 둥, 주변의 걱정과 참견이 적지 않았다.
그러나 살아보니 그런 건 문제가 되지 않았다. 우리는 술을
좋아한다는 공통점을 빼고는 식성도 옷 취향도 취미도
집안일을 하는 패턴도 정반대였으나 그런 일로 크게 싸운
적은 없다. 오해가 쌓이지 않도록 충분한 대화를 하고
서로의 생활을 조금씩 배려하면 됐다. 복병은 오히려 다른
데 있었는데, 바로 우리가 살고 있는 집이 아주 낡았다는
거다.

　예를 들면 이 집의 보일러는 겨울마다 고장이 난다.
세 들어 사는 청년들에게 이보다 더 등골 서늘한 상황이
있을까. 본래 나는 샴푸가 반 이하로 줄어들기도 전에 새
샴푸를 사두고 휴대폰 배터리가 70퍼센트 밑으로 떨어지는
꼴을 못 보는 사람이지만 이 경우엔 타고난 준비성도 소용
없었다.

　언제 생명의 불씨가 꺼질지 모르는 구식 보일러라도
엄밀히 말해 사용이 불가능한 건 아니다. 깐깐한 집주인에게

수리를 요청해 봤자 묵살당할 게 뻔하니 차라리 빨리 고장이
났으면 싶을 때도 있다. 요즘 나는 샤워 중 갑자기 빙하처럼
차가운 물이 쏟아질 때마다 영화 <헤어질 결심>의 박해일이
되어 중얼거린다. "고장 났구나, 마침내…."

그러나 막상 얼음물 수련을 마치고 나오면 보일러는
좀비처럼 부활한다. 지은 지 30년이 넘은 빈티지
월셋집에서의 생활은 이런 밀당의 연속이다. 세탁기,
에어컨은 물론이고 방충망, 보일러, 하다못해 문고리까지도
상당한 연식을 자랑하는 옵션들로 채워져 있기 때문이다.
옷을 세탁하는 건지 갈아 버리는 건지 알 수 없는 통돌이
세탁기와 세상이 무너질 듯한 소리를 내는 주제에 온수는
쉽게 내주지 않는 보일러와 함께 살아가는 일상은 의도치
않게 스펙터클하다.

우리가 함께 살게 된 이후 새로운 농담이 몇 개 더
생겼는데 그중 하나가 '무너지고 있는 집' 이야기이다. 누구
한 사람이 집안에서 불행한 상황을 마주쳤을 경우(갑자기
부서진 샤워기, 어디선가 등장한 바퀴벌레, 역류하는 배수구 등)
나머지 한 명에게 차분히 문자를 전송한다. '우리 집이 또

무너졌어. 올 때 몽키스패너 좀 사와.'

　　하지만 마냥 불만만 늘어놓으며 살 수는 없는 노릇이다. 어차피 빈티지 하우스는 정복할 대상이 아니다. 그저 성깔 있는 치와와를 키우듯 어르고 달래며 함께 살아가야 한다. 게다가 나도 키위도 동의한다. 분명 부모님 집보다 낡고 춥고 돈도 많이 들지만 이상하게 마음만은 이곳이 더 편하다는 사실에.

　　먹고 싶을 때 먹을 수 있고 일어나고 싶을 때 일어날 수 있는 독립의 1차적 장점을 빼고라도, 스스로 벌어 집세를 내는 공간에서 생활한다는 건 그 자체로 의미가 있다. 말하자면 나의 공간과 시간을 내가 온전히 통제한다는 느낌. 더 좋은 수납 방식을 고민하며 가구 배치를 바꾼다던가 귀찮음을 무릅쓰고 청소기를 돌리고 나면 이상하게 자유로운 기분이 든다. 배수구 역류 같은 사고를 예상하고 계약한 건 아니기에 가끔은 울컥 화가 치밀어도, 결국 이런저런 문제를 해결할 사람은 나밖에 없다는 사실이 생활 전반에 막중한 책임감을 부여한다.

얼마 전에는 신혼부부 집에 놀러 갔다가 막 상경한
시골 쥐처럼 집안을 이리저리 구경하며 돌아다니는
바람에 일행에게 뜻밖의 웃음을 선사하고 말았다. 양문형
냉장고, 60인치 TV, 원격 엘리베이터 호출 앱, 비밀번호를
누르는 공동 현관 같은 건 아직 내 인생에서 가져 보지 못한
문물이기 때문이다. 최신 가전들로 가득 채워진 신혼집을
맘껏 체험한 후 나는 빈티지 하우스로 돌아와 평소처럼
보일러와 밀당하며 샤워를 하고 티도 안 나는 바닥 청소를
했다. 낡디낡았지만 어쩐지 마음만은 제일 편한 우리 집,
아껴 줄 사람이라곤 둘밖에 없는 작고 귀여운 우리 집.
그날의 일기를 들춰 보니 이런 문장이 적혀 있다.

'어쨌든 지금보다 나아지길 기대할 수 있는 뭔가가 남아
있다는 건 좋은 거다. 인생은 너무도 기니까.'

멀티 태스킹은
현대인의 미덕이죠

　날이 제법 선선했던 8월 말의 어느 일요일, 키위와
저녁을 먹은 뒤 한강 산책을 하고 있었다. 집에서 30분
거리에 있는 한강공원은 그리 가깝다고는 할 수 없지만
날씨가 괜찮다면 소화도 시킬 겸 그럭저럭 걸어서 다녀올
만하다(그러고 보면 사람들은 '소화시킬 겸'이라는 말을 어찌나
다양한 상황에 갖다 붙이는지!).

　우리는 맞은편에서 다가오는 강아지들을 기쁜 마음으로
맞이하며 산책로를 걷다가 조금 특별한 광경을 목격했다.
흙냄새를 맡으며 걷고 있는 흰색 말티즈와 그 몸에 연결된
리드 줄까지는 평범한데 그걸 잡고 있는 사람의 행동이
평범치 않았다. 강아지 주인은 무려 네 가지 활동을 동시에
하고 있었는데 1) 강아지를 산책시키면서 1-2) 본인도
산책을 하고 2) 리드 줄을 잡은 채로 양팔을 90도로 올려
아래위로 반복하는 동작을 통해 어깨 운동을 하면서 3) 런지
동작으로 틈틈이 하체 운동을 함과 동시에 4) 통화를 하는
중이었다.

　멀티 태스킹의 귀재, '바쁘다 바빠 현대사회'에 걸맞은
인재. 강아지를 산책시키면서 근육과 인간관계도 챙긴다니,

통화하면서 걷는 정도에도 정신이 산만해져 엉뚱한 대답을
하고 일할 땐 가사 있는 노래도 못 듣는 사람으로서 그저
경이로울 따름이었다.

　멀티 태스킹은 점점 현대인의 기본 덕목이 되어 가고
있다. 출근하고 퇴근하고, 끼니를 챙기고, 친구를 만나고,
가족을 돌보고, 취미 생활과 자기계발까지 해치우려면 한
번에 여러 가지를 신경 쓸 수 있어야 한다. 몇 년의 시행착오
끝에 내가 그나마 터득한 기술이라면 비교적 덜 중요한
몇 가지 활동을 '오토파일럿 모드(자동 조종 상태)'로 돌리는
것이다.
　예를 들면 아침 출근 준비 과정을 분 단위 순서로 정해
두기. 몸이 동선을 자동 기억해 숙취 등으로 정신이 덜
돌아온 날도 무리 없이 출근할 수 있다. 옷과 액세서리,
신발을 계절별로 몇 가지 고정해 두면 쇼핑에 빨려 들어가는
돈과 시간이 확연히 줄어든다. 평일 저녁 메뉴를 주마다
거의 같은 것으로 정해 놓으면 요리나 장보기에 드는 시간을
절약할 수 있다. 그리고 특정 요일의 특정 시간에는 무조건

운동하기. '운동하기 싫다'는 생각이 끼어들 틈도 없이
운동복을 주워 입고 습관처럼 나가게 된다.

　자동 조종 루틴의 최대 장점은 스스로 아무 생각 없이
따르면 되기 때문에 에너지 낭비가 적다는 점이다. 최대
단점은 루틴에 어긋나는 연락이나 모임은 될 수 있는 한
피해야 한다는 것. 이 부분이 누군가에겐 매정하고 엄격해
보일 수 있다. 소심하게 변명을 하자면, 내가 딱히 엄청나게
성공하기 위해 루틴을 지키는 건 아니다. 그저 큰 노력 없이
건강하게 지낼 수 있는 최선의 방법이라고 생각하기에
양보하기 힘든 것뿐이다.

　이렇게 아낀 에너지는 불시에 나타나는 또 다른
삶의 문제들을 해결하는 데 쓰인다. 별것 아닌 상황에도
과하게 마음을 쓰며 허덕이곤 하는 나는 사실 그렇게 아낀
에너지조차 부족할 때가 많다. 타고난 에너지 총량이 낮은
건지, 좀 더 많은 부분을 오토 파일럿 모드로 돌려야 할지,
그렇게 한다면 혹시나 내 일상이 너무 무미건조해지는 건
아닐지, 생각이 꼬리를 문다.

　어디에 신경을 더 쓰고 어디에 덜 쓸지를 결정하기란 방

정리를 하며 물건 버리는 일만큼이나 어렵다. 몇 년째 안 쓴 물건들을 결국 버리지 못하고 안 보이는 공간에 슬쩍 치워 두고 외면하는 나. 그렇게 외면한 물건들이 방을 어지럽히는 주범이라는 걸 알지만 버리는 결정을 내리는 건 역시 쉽지 않다. 깨끗하게 정리된 듯 보이지만 자세히 보면 어수선한 내 방과, 이런저런 일들의 중요도를 저울질하느라 마음 한구석이 항상 은은하게 불편한 방 주인은 어딘가 닮은 구석이 있다.

엄마의 장바구니 훔쳐보기

코로나바이러스가 기승을 부리던 해, 엄마에게
휴대폰으로 장 보는 법을 알려드렸다. 함께 살 때는 내가
직접 하면 되었지만 따로 살게 되니 본가의 생필품 재고를
매번 챙기는 게 현실적으로 쉽지 않았다. 언젠가는 해야 할
일이라고 생각만 하고 있었는데 어느 날 엄마가 먼저 부탁을
해 왔다. 일하는 자식에게 매번 사소한 것 부탁하기도
미안스럽고 무엇보다 비어 가는 생수나 세제를 보며
전전긍긍하는 자신의 모습에 짜증이 난다는 거였다.

본가에 가서 맛있는 저녁을 얻어먹은 날, 나는 엄마
옆에 자리를 깔고 앉아 마트 앱에 로그인하는 것부터
장바구니에 상품을 담는 것까지 하나하나 시범을 보였다.
모바일 뱅킹까지 진도를 나가기는 무리인 것 같아 일단 내
신용카드로 결제되도록 연결해 뒀다.

"담은 상품을 도로 없애고 싶으면 여기 삭제 버튼을
누르면 돼."

부연 설명을 하며 엄마 표정을 살피는데 그만
혼란스러워하는 눈빛을 읽고 말았다. 내 말이 너무 빨랐나?
찬찬히 되짚다 휴대폰 화면을 보니 문득 조그만 아이콘들이

눈에 들어왔다. '장바구니' '삭제' '검색'처럼 한글로 쓰여진 것은 없고 모두 간소한 이미지 버튼으로만 표현돼 있었다. 장바구니 모양(인 것 같은) 아이콘, 쓰레기통 모양(으로 짐작되는) 아이콘, 돋보기 모양(숟가락이 아니라면 아마도) 아이콘….

꽤 어린 나이부터 인터넷 세상을 접한 덕에 이런 아이콘을 거의 모국어처럼 받아들이고 해석하는 나와 달리 엄마는 1) 쓰레기통 모양 → 2) 쓰레기통은 뭔가를 버리는 곳이므로 → 3) 상품을 삭제하는 기능이라는 걸 유추하기까지 나보다 몇 단계의 사고 과정을 더 거쳐야 했다. 그러니 삭제 버튼을 누르라는 내 말에 오래 고민할 수밖에. 그간 엄마가 스마트폰 화면을 보며 느꼈을 낯섦과 두려움, 짜증이 단박에 이해가 되는 순간이었다.

적절한 비유인지는 모르겠지만, 아마도 마트에서 국간장과 진간장을 구분하지 못해 멍청하게 서 있는 내 모습을 지켜보던 엄마도 비슷한 생각을 하지 않았을까? 그때 엄마는 내게 짜증 내지 않고 "이런 걸 안 사봤으니 알 턱이 있나. 네가 필요하다고 느낄 때 알면 되지 뭐" 하며 자식을

이해하려 했으므로, 지금의 나 역시 엄마를 배려하는 노력을
하는 게 공평하다. 엄마와 나는 같은 세상을 살고 있지만
어쩌면 완전히 다른 정보를 받아들이며 살아가는 걸지도
모르겠다.

　　요즘 엄마는 혼자서도 인터넷 주문을 아주 잘하신다.
비록 돌발 상황에 대처하는 능력까지는 키우지 못해
[비밀번호 변경 후 90일이 지났습니다. 비밀번호를 변경해
주세요] 같은 알림 창이 뜨면 당황해서 바로 전화를 걸어
오지만 대체로는 아주 성공적이다.
　　정신없이 일하던 와중에 뜬금없이 결제가 완료됐다는
문자가 뜬다면 방금 엄마가 무사히 쇼핑을 마쳤다는 뜻이다.
이상하게 나는 그 문자를 받고 나면 엄마의 장바구니가
궁금해져 슬금슬금 앱에 로그인해 주문 내역을 살핀다. 매실
원액. 요즘 소화가 잘 안 되나 보네. 컵 쌀국수. 맞아, 저번에
집에 갔을 때 이 라면에 꽂혀 있다고 했지…. 돋보기 안경을
쓰고 엄지손가락으로 야무지게 장바구니 아이콘을 누르는
엄마의 모습을 상상하면 왠지 모르게 마음이 편안하고

안심이 된다. 원격으로 본인의 장바구니를 훔쳐보는 음흉한 사람이 있다는 걸 엄마는 절대로 모르겠지만 말이다.

엄마에게 핸드폰
가르쳐주는 풍경

엄마와 나는

같은 세상을 살고 있지만

어쩌면 완전히 다른 정보를 받아들이며

살아가는 걸지도 모르겠다.

안 일어났다면 좋았겠지만
그랬다면 몰랐을 일

책장을 정리한 건 순전히 사고였다. 주말도 아닌 평일에 책을 모조리 꺼내 뒤집어엎는 행동은 사고가 아니고서야 설명하기 힘든 법이다. 사건의 발단은 날씨였다. 귀한 봄날씨에 그보다 귀한 봄꽃을 맞이한다는 핑계로 지난 주말엔 내내 야외 활동을 했다. 하루에 만 보 이상을 걷고 자전거를 10킬로미터 이상 탔으며, 밤이 되어 살짝 선선해진 공기를 즐기며 캔맥주를 마시고, 이불을 제대로 갈무리하지 않은 채로 피곤하게 잠이 들었다. 그리고 감기에 걸렸다.

환절기 감기가 유행한다는 뉴스가 뜨기도 전이라 나는 좀 억울한 맘이 들었지만 부랴부랴 병원부터 찾았다. '아프면 나만 손해'라는 진리는 사회생활을 하면 할수록 온몸으로 깨닫고 있던 차였다. 당장 이번 주 예정된 일정들부터 소화하려면 빨리 면역력을 회복할 필요가 있었다. 병원에서 처방받은 약과 세 종류의 비타민 영양제를 삼킨 뒤 따뜻한 물을 마셨다. 마지막으로 호흡기를 촉촉하게 유지하기 위해 가습기에 물을 가득 받아 본래 자리인 책장 위에 올려두었, 아니 정확히는 올려두려고 했다. 약 기운으로 평소보다 둔해진 운동신경을 미처 고려하지 못하고 성급히 손힘을

푼 순간 가습기를 놓쳤고, 결국 그 많은 물이 책장 위로
쏟아지고 말았다.

어지러운 머리로 상황 파악을 하며 앞으로 취할 행동을
생각하다가(A. 울며 잠들었다가 악몽을 꾼다 B. 정신 차리고 물을
닦는다) 결국 책을 모두 꺼내 물기를 제거한 뒤 무거운 물건을
올려 종이가 구깃구깃해지지 않도록 고정하는 작업을
시작했다. 내가 닦고 있는 것이 눈가에 맺힌 눈물인지,
책등에 맺힌 물방울인지 모를 즈음에는 작업을 즐기는
지경에 이르렀다(감기약이 이렇게 무서운 약이다).

뜻밖의 즐거움도 발견했다. 협소한 책장에 책을 두
겹으로 욱여넣은 탓에 그동안 잊고 있던 옛 책들을 다시
펼쳐 보게 된 거다. 첫 번째 칸 뒷줄 가운데에 있던 안녕달
작가의 그림책《할머니의 여름휴가》는 아예 방바닥에
주저앉아 정독을 했다. 두 번째 칸 뒷줄 구석에 있던 밀란
쿤데라의《참을 수 없는 존재의 가벼움》을 펼쳐 보고는
빼곡한 밑줄과 메모의 양에 놀랐다. 다시 읽어도 좋은
문장이 많지만 그땐 어떤 이유로 감명을 받았는지 짐작조차

안 가는 구절도 있었다.

'삶이 잔인했기에 공동묘지에는 항상 평화가 감돌았다.'
'석양으로 오렌지 빛을 띤 구름은 모든 것을 향수의
매력으로 빛나게 한다. 단두대조차도.'
'대개의 경우 사람들은 고통에서 벗어나려고 미래로
도망친다. 그들은 시간의 축 위에 선이 하나 있고 그
너머에는 현재의 고통이 더 이상 존재하지 않는다고
상상한다.'

제법 묵직한 문장들에 밑줄을 치던 스물세 살의 내가
영화 속 인물처럼 생경하게 느껴진다. 그때 나는 슬펐을까?
삶이 잔인하다는 말에 고개를 끄덕였을까? 노을을 보며
무언가를 그리워했을까? 미래에는 고통이 없을 거라
기대했을까? 불과 십 년도 안 지난 시절의 감정이 어렴풋이
기억날 법도 한데 어딘가 석연찮게 흐릿하다. 스물셋의 나와
지금의 나는 같은 사람이지만 어떤 부분에서는 완전히 다른
사람이 되었기 때문일까.

    감기에 걸린 상태로 책장을 뒤집어엎는 일 같은 건 물론 안 일어나면 좋았겠지만, 덕분에 나는 과거의 나와 책 끝에서나마 잠시 손을 맞대 볼 수 있었다. 항상 잊지 말자고 다짐하면서도 금세 먼지 쌓인 책장에 파묻혀 버리는 내 작은 사색의 조각들…. 프라하행 비행기 안에서 밀란 쿤데라를 읽던 스물세 살의 나를 우연히 만나지 못했더라면 서른의 나는 좀 서운할 뻔했다.

헬스장 플레이리스트 고찰

모처럼 아무 일정이 없는 토요일 오후, 나는 부랴부랴
헬스장을 향해 걸었다. 눈 뜨자마자 쳐다본 시곗바늘이 이미
오후 2시를 가리켜 마음이 불편해졌기 때문이다. 침대에서
미적거리다 해가 지면 아까운 휴일을 날려 버렸다는
자괴감에 휩싸일 게 뻔하니 뭐라도 해야겠다는 마음이었다.
일단 이불을 박차고 나와 헬스장에 도착하니 우습지만
기분이 나아졌다. 막 회원 번호를 입력했을 뿐 운동은
시작도 안 했는데 말이다. 비록 어제 술을 많이 마셨고
그래서 12시간을 내리 자긴 했지만 토요일에도 운동을
빼먹지 않은 나, 그렇게 구제불능은 아닐지도.

스트레칭을 하며 스피커가 찢어져라 터져 나오는
90년대 댄스 음악에 귀를 기울였다. 오, 오늘 플레이리스트
좋은데? 소리에 예민한 나는 어떤 공간에서든지 배경
음악부터 파악한다. 회사를 제외하고 일상에서 방문 빈도가
높은 공간은 카페, 술집, 헬스장 정도인데 앞의 두 공간은
기본적으로 대화를 하러 가는 곳이기에 최대한 음악이
조용한 곳을 선호한다. 음악이 시끄러운 곳에서는 대화에

좀처럼 집중할 수 없기 때문이다. 내가 아무리 강렬한 비트의 케이팝 애호가라도 그건 혼자 이어폰을 끼고 있을 때나 즐거운 일이지, 대화 중에 야수 같은 랩과 말벌 같은 초고음이 파고드는 건 곤란하다. 반면에 헬스장은 다르다. 이곳에서만큼은 완전히 다른 기준이 적용된다. 자고로 배경 음악은 백색소음의 역할을 할 뿐 절대로 귀에 거슬리지 않아야 한다는 내 기준은, 헬스장 유리문을 어깨로 밀고 들어가는 순간 박살이 난다.

이 공간에서 느리고 서정적인 것은 용납되지 않는다. 서정적인 발라드 음악을 재생하고 싶다면 방법이 없는 건 아닌데, 음악의 세계에는 '리믹스'라는 비법 양념이 존재하기 때문이다. 원작자의 의도나 자연스러운 곡의 흐름 따위는 무시하고 모든 부분에서 박자를 쪼갠다. 분당 심박수가 150 이하로 떨어지면 절대 안 될 것 같은 속도로 편곡을 마쳤다면 헬스장 플레이리스트에 포함될 자격이 있다.

나는 주로 평일 저녁 퇴근 후에 운동을 하는데 이때가 헬스장이 가장 붐비는 시간대다. 달리 말하면 이 시간에 운동하러 오는 사람의 절반 이상은 나처럼 축 처진 어깨로

터덜터덜 입장하는 직장인이라는 거다. 반지하 자취방에서
키우는 바질 화분처럼 시들시들 맥을 못 추는 직장인들의
심장, 헬스장 플레이리스트가 노리는 목표물은 바로
그것이다. 이럴 수가 있나 싶을 정도로 박자를 쪼개 버린
수많은 리믹스 버전의 음원들이 무거운 기구와 땀 냄새로
가득한 지하 공간에 햇빛 같은 활기를 불어넣는다. 그러면
제아무리 일터에서 기운을 빼앗긴 직장인이라도 뭐에 홀린
듯 남은 힘을 쥐어짤 수 있다. 이들이 스쿼트를 한 개라도
더 하고 집에 간다면 모두에게 해피엔딩이다. 특히 건치를
빛내며 웃고 있을 트레이너 선생님에게는.

　심장과 고막을 때리는 헬스장 플레이리스트에서는
'텐션 업'을 위한 어떤 결기와 의무감마저 느껴진다. 그래서
어떻게든 나도 힘을 내지 않으면 안 될 것 같은 분위기에
쉽게 동화된다. 가끔은 어이없을 정도로 무자비하게 편곡된
헬스장 버전 발라드 음악을 들으며 혼자서 허허 내적 웃음도
짓지만, 음악이 나를 이끌고자 하는 방향에 기꺼이 따르며
러닝머신의 속도를 높인다. 눈은 TV 속 간장게장 홈쇼핑
방송에, 귀는 스피커에 붙들린 채로 심박수를 올린다. 쿵짝

쿵짝 쿵짝짝. 아, 이 리믹스 버전은 정말 아무리 들어도 이상하다. 숨이 차 헐떡거리며 생각한다. 그런데 이상한 일이지, 이상하게 힘이 난단 말이야.

술에 취해 응시한
조주기능사 자격시험

1. 발단

음주란 대체로 인생에 도움이 되는 행위는 아니다. 관련 직종에 종사하는 사람이 아니고서야 '공부'처럼 생산적인 단어와 함께 언급되는 것도 상당히 어색하다. 하지만 어느 선선하고 술맛 좋은 금요일 저녁, 칵테일 몇 잔에 알딸딸하게 취해 있던 내게 그런 것쯤은 문제가 되지 않았던 모양이다.

1. 칵테일은 맛이 좋지만 비싸고 양이 적어 아쉽다.
2. 내가 직접 만들 수 있으면 좋을 텐데…
3. 세상에 조주기능사 자격증이라는 게 있네?

라는 의식의 흐름을 따라가다가, 취한 상태에서 극대화되는 추진력에 이끌려 그 자리에서 필기시험 접수 신청을 마쳤다.

당시 나의 논리는 이런 식이었다. 어차피 술을 마실 거면 아예 자격증을 따는 건 어떨까? 술을 마시는 행위가 시간 낭비가 아니라 공부가 될 수 있다면? 나중에 회사에서 주류

관련 프로젝트를 맡을 수도 있는데(술에 취했어도 피고용인 본성은 버리지 못했음을 확인할 수 있다) 자격증이 커리어에 도움이 될 수도 있지 않을까?

조주기능사란 술뿐만 아니라 모든 음료에 대한 전반적인 지식과 고객 서비스, 경영관리 등 관련 업무 수행 능력을 겸비한 사람을 말한다. 흔히 말하는 '바텐더'로 시험 문제도 칵테일 위주로 출제된다. 시험은 한국산업인력공단에서 주관하며, 일 년에 네 번만 실기시험 접수를 받는다(필기시험은 많은 기능사 자격시험이 그렇듯 조금만 공부하면 60점 합격선을 넘길 수 있다). 실무에 종사하는 사람들이 주로 취득하지만 요즘은 나처럼 취미 삼아 공부하는 사람도 많다고 한다.

바텐더와는 전혀 관련 없는 직종에 종사하는 사람으로서 조주기능사 자격증의 문을 두드려 본 결과, 현재까지의 변화는 다음과 같다. 첫째, 평소처럼 사람들과 술을 마시다가도 '조주기능사 자격증 공부 중'이라고 밝히는 순간 뭔가 범상치 않은 술꾼의 아우라가 풍긴다. 둘째, 온통 모르는 단어뿐이어서 낯설던 칵테일 메뉴를 좀 더 잘 읽을 수 있게 된다. 예전에는 왠지 느낌 좋은 술을 골랐다면 이제는 어느 정도 맛을 예상하고 선택할 수 있다. 또, 옆사람에게 내가 아는 걸 설명해 주다 보면 자연스럽게 대화를 시작할 수 있다. 가끔 "아니 대체 어쩌다… 거기까지 가신 거예요?" 같은 반응이 돌아오면 할 말이 없어져서 조용히 술만 홀짝이지만.

2. 전개

토요일마다 칵테일 학원에 간다. 학원을 고르는 기준은 이랬다. 평일에는 출근해야 하니 주말반으로. 만든 칵테일을 굳이 다 마시지 않아도 됨. 수강생끼리의 친목 필요 없음. 창업을 준비하는 것도 아니니 시설이 눈 돌아가게 세련될 필요는 없음. 마지막으로, 수강료가 저렴할 것. 그렇게 고른 학원에 등록한 지 3주쯤 됐다. 실기시험이 일 년에 네 번뿐이라 아주 고심해서 시기를 맞췄다. 준비하는 데 5주에서 6주 정도는 필요할 테니 그 기간에는 주말을 여유롭게 비워 두고 수업에 집중하기로 했다.

수업 시간은 유동적인데 네 시간을 훌쩍 넘기는 게

보통이다. 토요일 하루 만에 평일 진도를 모두 따라잡아야
해서 그렇다. 적게는 6종에서 많게는 10종의 새로운
칵테일을 숙지하고 직접 만들어 보기를 반복 연습하는데,
익숙하지 않은 레시피를 단번에 기억하기가 쉽지 않다. 특히
베이스로 쓰는 각종 술의 라벨이 모두 외국어여서 평소에
관심이 없었다면 더욱 낯설 수밖에 없다. 하지만 나는 원래
술을 사랑하는 인간으로서, 온갖 종류의 술병으로 가득 찬
교실이 낯설기는커녕 설렘마저 느껴졌다. 지중해 한가운데
떠 있는 호화 크루즈에서 일하는 바텐더가 된 기분이랄까?
다만 맥주 컵과 숟가락으로 소맥이나 말 줄 알았지, 칵테일
제조할 때 쓰는 전문 도구들을 잡아 본 건 처음이라 힘
조절이 어려웠다. 게다가 술병을 멋지게 잡으려면 병의
밑부분을 한 손으로 들어야 한다는 것도 뜻밖의 난제였다.
술병을 든 손이 휘청일 때마다 머릿속으로는 병을 떨어뜨려
학원 기물을 때려 부수는 상상을 수도 없이 했다.

　　칵테일 조주는 일단 머릿속에 레시피를 정확히 입력하는
게 중요하고, 마시는 이의 기호에 맞춰 적절히 변형하면서
만들면 된다. 요리와 비슷하다. 그와 동시에, 실무자라면

최대한 프로페셔널해 보여야 하므로 어느 정도의 능청과
쇼맨십도 필요하다. 사실 이 부분이 직업 바텐더인
사람으로서는 상당한 매력을 어필할 수 있는 포인트다.
병 뚜껑을 돌려 따는 순간부터 손님 잔에 음료가 나갈 때까지
최대한 있어 보이게, 멋지게, 당당하게!

"좀 서툴더라도 뻔뻔하게, 멋지게 해보세요."

나는 회사 생활을 하면서 잘 익은 벼처럼 한없이
겸손해질 줄만 알았지, 저런 말을 대놓고 듣고 있자니
감회가 새로웠다. 진짜 뭐라도 있는 사람이 된 기분. 아,
물론 철저히 취미로 칵테일을 배운 사람의 소감이다. 뭐든지
생업이 되면 어느 정도의 겸손함은 필요하겠지.

3. 결말

예로부터 남이 망한 이야기는 잘됐다는 이야기보다
인기 있는 주제다. 결혼해서 행복하게 사는 것보다는
어처구니없는 사유로 부부싸움 하는 이야기, 친구와
사이좋게 잘 지내는 것보다는 진흙탕 싸움 후 손절했다는
일화가 훨씬 귀에 꽂히고 기억에 오래 남는다. 남들 망해

가는 모습에 흥미를 갖는 건 인간의 본성일까? 그러나 그
본성을 거스르는 경우도 있으니 바로 합격 후기다.

　　각종 시험 뒤에 '합격'이라는 단어만 붙여 검색하면
당장에라도 수백 수천, 어쩌면 수만 개의 후기를 볼 수 있다.
후기를 찾아서 보는 사람이라면 해당 시험을 준비하고 있을
가능성이 높고, 그러면 괜히 부정 타지 않기 위해서라도
눈에 필터가 씐 것처럼 합격이라는 두 글자만 찾아다니게
된다.

　　조주기능사 실기시험이 코앞에 다가왔을 때 나 역시
평범한 인간의 행동을 했다. 합격 후기를 찾아보며 천당과
지옥을 오가는 일 말이다. 열이 올라 뜨거워진 휴대폰을
붙잡고 정보를 탐색한 지 3시간가량 흘렀을 무렵, 문득
내 모습이 몹시 이상하다는 생각이 들었다. 아니 잠깐만,
이렇게까지 떨린다고? 수능도 아닌데? 시작은 그저 취미
생활의 연장선이었을 뿐인데 어디서부터 잘못된 걸까.
내가 이만큼이나 술에 진심인 사람이었던가. 그간 긴장되는
일 하나 없이 정신 놓고 살아서 심신이 나약해졌나?
스스로 생각해도 너무나 꼴사나웠지만 떨리는 마음이

도무지 진정되지 않았다. 아무래도 몇 주간 주말마다 일찍
일어나 학원에 출석 도장을 찍고 출퇴근길 지하철과 회사
점심시간에 틈틈이 공부를 하다 보니 나도 모르게 합격을
간절히 바라게 된 것 같았다. 진심이란 게 생각보다 별거
없다. 그냥 뭔가를 열심히 하다 보면 그 일에 진심이 된다.

    심장이 입 밖으로 튀어나올 것 같은 기분으로
잠들었다가 불합격하는 꿈을 300개 정도 꾸고 나니 시험 날
아침이 밝았다. 시험 시간은 단 7분, 한 타임에 세 명이 함께
들어간다. '대기 시간이 길면 길수록 떨리니까 첫 순서였으면
좋겠다. 시험 끝나면 맥주 한 캔 원샷하고 낮잠이나 자야지'
생각하며 순번을 뽑았는데 바라던 대로 첫 순서였다. 행운은
쭉 이어져 내가 가장 자신 있어 하는 칵테일 세 가지가 실습
문제로 출제됐고, 주어진 시간을 무려 1분 30초나 남기고
완성했다. 결과는 100점 만점에 95점이라는 기대 이상의
점수로 합격! 애써 아무렇지 않은 척 뒷정리를 하는데
입꼬리가 저절로 올라가서는 내려올 생각을 하지 않았다.
안도감이 밀려왔다. 아, 이제 시험은 끝났고 나는 국가가

오지랖

술이나 마시지
공부는 왜…

인증한 합법적 주정뱅이다.

흥미 있는 분야를 공부하는 일은 두 번 생각할 것도 없이 축복이다. 일단 흥미를 끄는 무언가가 생겼다는 것 자체가 행운이고 그것을 배울 수 있는 시간, 돈, 체력이 있는 것도 행운이다. 그러나 사람 마음이란 게 정말 간사하다. 분명 나는 두 가지 상황이 맞아떨어져 학원에도 다니고 관련 자격증까지 취득하는 행운을 누렸음에도, 막상 시험이 코앞에 닥치자 오직 '합격' 두 글자만 바라며 애꿎게 스트레스를 키우는 사람이 됐다. 조금 공부해서 칵테일의 미학을 즐겨 보겠노라는 처음의 여유와 포부는 온데간데없이.

그래서 앞으로는 흥미 있는 분야가 생겨도 함부로 자격증 같은 건 도전하지 말아야겠다는 생각을 한다. 성격상 성취해야 할 목표가 뚜렷한 취미는 대충대충 즐길 수 없음을 깨달았다. 시험 전날, 긴장을 주체할 수 없다는 하소연에 한 선배는 이렇게 조언했다. 떨린다는 건 그만큼 잘하고 싶다는 뜻이고, 잘하고 싶다는 건 그만큼 열정이 있다는 뜻이니 다 좋은 거라고. 물론 그 진심이 가닿은 종착지가 술보다는

좀 더 생산적인 것이었다면 얼마나 좋았겠냐고, 누군가는
생각할 수도 있겠지만 말이다….

별점 4.5점을 많이 남기는 사람

영화를 보고 나면 반드시 별점으로 기록해 둔다. 그러나 별점만 냅다 매길 뿐 한 줄 후기조차 안 쓰기 때문에 나중에 기록을 찾아 봐도 별 도움이 안 된다. 별점은 높은데 무엇에 그리 감명을 받았는지 기억나지 않는 경우가 많고, 별점이 야박한 영화도 기억이 미화돼 '그렇게 나쁘진 않았던 것 같은데… 왜 1점밖에 안 줬지?' 하며 고개를 갸웃거리게 된다. 나의 영화 기록 앱에는 그 외에도 특이점이 하나 있는데 별점 4.5점대에 분포하는 영화가 아주 많다는 거다.

나는 인테리어나 음식, 인간관계 등 대부분 면에서 취향이 뚜렷한 편인데 유독 창작물을 대할 때만 관대해진다. 백이면 백 고개를 가로저을 '괴작'이 아니고서야 어지간히 재밌으면 후한 평점을 부여한다. '전체적인 스토리나 배우 연기는 좀 별로였는데 그래도 이 부분의 대사는 정말 심금을 울렸어' 하며 점수 줄 이유를 찾는 식이다. 태생적으로 시야가 좁은 사람이라서 그럴 수도 있지만, 나는 이걸 관대함으로 포장해서 부르기로 했다.

영화에만 한정된 얘기가 아니다. 책을 읽을 때도, 음악을 들을 때도, 예능이나 유튜브를 볼 때도 거의 모든 걸 재밌어한다. 5점이 아닌 4.5점을 주는 건 마지막 자존심이다.
별 다섯 개는 배달 앱에만 남긴다.

사실 나의 이런 면을 큰 결점으로 여기던 때도 있었다.
모든 걸 재밌어한다는 말은 비뚤게 해석하면 취향이
뾰족하지 않다는 뜻이니까. '어떤 영화 좋아하세요?' 혹은
'어떤 책 좋아하세요?' 같은 물음에 '어… 가리지 않고
다 좋아하는데요'라고 대답하는 게 한때는 참 멋없게
느껴졌다. 나도 '○○○ 감독의 ○○○ 작품 같은 장르
영화 좋아해요'라거나 '무라카미 하루키를 즐겨 읽습니다'
같은 대답을 하고 싶다고 생각했다. 미술을 전공한 데다
회사에서도 콘텐츠를 가까이하는 직무를 맡고 있는지라,
스스로 이렇게나 두루뭉술한 사람이라는 게 부족하게
느껴질 때도 있었다. 그러나 이젠 성격이 뻔뻔해져서인지,
어차피 나는 이 세상의 훌륭한 책과 영화를 다 못 보고
죽는다는 사실을 깨달아서인지, 예술적 취향을 뾰족하게
갈고 닦아야 한다는 압박감을 더 이상 느끼지 않는다. 다
좋은데 뭐 어쩌라고, 그만큼 즐길 수 있는 콘텐츠가 많으니
축복받은 인생 아닌가요?

　　이쯤에서 소름 돋는 사실을 하나 고백하자면, 사실
나는 내가 쓴 글도 아주 재미있게 읽는다. 위대한 작가들의
전기를 들여다보면 자신의 결과물이 성에 차지 않아서
삶을 파멸까지 몰고 갈 만큼 드라마틱한 인물도 많던데,
내가 즐겨 읽고 동경하는 동시대 작가들도 항상 신간을
소개하며 '부끄러운 결과물'이라거나 '부족한 작가' 같은
말을 습관적으로 사용하던데, 실상 아무것도 아닌 나는 지금
"무료할 때는 제 글을 종종 읽습니다. 아주 재밌어요. 순전히
제 취향으로 쓰였거든요"라고 말하고 있는 것이다. 상당히
비호감이다.

　　그러나 우습게도 바로 그 점이 내가 글을 계속 쓰는
원동력이다. 읽어 주는 사람이 없어도 별 타격감이 없다.
내가 읽으면 되니까. 내 글을 재미있게 읽는다고 해서 내
글이 가장 낫다는 뜻은 (당연히! 네버!) 아니다. 다른 사람의
훌륭한 글을 읽다가 끝도 없이 부끄러워지는 때가 하루에
삼백 번쯤 있고, 그들을 따라 하고 싶은 비뚤어진 욕망에
이글거리는 순간도 오백 번쯤 되지만 그렇다고 해서 내 글이
싫어지지는 않는다. 그뿐이다. 글을 쓰고 만족하고 다른

이의 글을 읽고 절망하고 질투하고 내가 좀 더 나아지길
바라며 다시 글을 쓰고 만족하고⋯ 그것이 나의 별 볼 일
없는 '읽고 쓰는 삶'이다.

　　남의 결과물엔 매정하고 내 결과물에만 관대하다거나
남의 결과물에만 관대하고 내 결과물에 매정하다면 문제가
될 수 있다. 전자라면 발전이 없고, 후자라면 발전 속도는
빠르겠지만 마음이 힘들 테니까. 하지만 양쪽 모두에
관대하다면? 내 생각에 이 세상은 즐길 거리가 너무나도
많은 곳이다. 무엇을 봐도, 어떤 일을 해도 기꺼이 기쁨을
누리지 않을 이유가 없다.

정말 아름다운
이야기였어…

이 세상은 즐길 거리가

너무나도 많은 곳이다.

무엇을 봐도, 어떤 일을 해도

기꺼이 기쁨을 누리지 않을

이유가 없다.

일단 좋아하고 이유는
나중에 찾을 것

미대생 출신에게 기대하는 것을 저버리고 싶진 않지만
나는 트렌디한 미적 감각과는 거리가 좀 있는 편이다.
그래서 쇼핑할 때도 별다른 기준 없이 꽂히면 사는 일이
비일비재하다. 간혹 패션을 잘 아는 지인이 제법 전문적인
단어로 나의 스타일을 정의해 주면 그런가 보다 하고 고개를
끄덕이긴 하지만 평소 그런 걸 고려해서 물건을 고르진
않는다. 그림을 보러 전시회에 가도 태도는 별반 다르지
않아서 어떤 작품이 좋다고 말할 때 대단히 논리적인 이유가
있는 건 아니다. 그런데 가끔은 이런 질문을 받는다.

"이 작품이 왜 좋아? 네가 좋다고 말하니 왠지 이유가
있을 것 같아."

특정 분야에 학위가 있다는 사실이 어떤 인증서라도
되는 양 취향에 정당성을 부여할 때가 있다. 그러나
미술이라는 거대 학문 안에는 많은 세부 분야와 그보다 많은
취향이 존재한다. 따라서 서양화를 공부하긴 했으나 관련
직종에서 일하지 않는 내가 내놓을 답변이란 말 그대로
개인적인 소감일 뿐이다.

그림 감상법에 대해 그나마 자신 있게 조언하는 것은
'실재하는 것을 보라'는 것이다. 음악도 음원으로 듣는 것과
라이브 무대의 감동이 다르듯, 모니터를 통해 본 그림과
미술관에서 실제 작품이 주는 느낌은 천차만별이다. 나는
대학 다닐 때까지 반 고흐를 그다지 좋아하지 않았다. 너무
유명하고 인기가 있는 것은 살짝 깔보는 허세가 작용했을
것이다. 그러나 몇 해 전 네덜란드 여행 중에 반 고흐
미술관에서 마주한 그의 원화 작품들은 학창 시절 지겹게
보았던 시험지 속 저화질 이미지들과는 완전 딴판이었다.
감동도 늘 과하게 하는 편인 나는 기어이 반 고흐가 생애
마지막을 보낸 프랑스 작은 마을까지 찾아가 그림 속 밀밭을
눈에 담고서야 돌아왔다.

문화생활을 할 때 관련 지식을 쌓는 건 감상에 큰 도움이
된다. 무엇이든 아는 만큼 보이는 법이므로 작품을 온전히
즐기고 싶은 욕심이 있다면 공부는 필수다. 다만 자기도
모르게 감상보다 지식 습득에 치중한다거나, 아는 게 없으니
이해할 수도 없을 것 같다는 두려움에 시작조차 미루고
있다면, 한 번쯤은 아무런 사전 정보 없이 어떤 작품에 그냥

꽂혀 보길 권한다. 결국 그런 경험들이 쌓여 취향이 되는 법이니까.

공부가 아닌 취미 생활로서의 그림 감상은 언제나 즐겁다. (조금 얌체 같긴 하지만) 세상의 수많은 천재가 영혼을 깎아 만들어 낸 작품들을 보며 그저 감탄하면서 영혼을 살찌우는 건 얼마나 짜릿한 일인가. 질투하거나 분석하려 들지 않는다는 점에서 내게 이제 그림은 음악 감상과 같다. 어린 시절 피아노를 오래 쳤으나 자라면서 그 능력을 깨끗하게 잊은 나는 음악에 문외한이다. 그래서 좋은 음악을 들으면 어린아이가 처음으로 비를 맞듯 순수한 기쁨에 젖어들 수 있다. 학교를 떠난 지금은 그림을 볼 때도 음악을 듣듯 행동하려 노력하는 중이다. 단 한 번뿐일 첫인상을 최대한 섬세하게 음미하고 싶어서 천천히 작품에 다가간다.

다만 염두에 두어야 할 것은 첫눈에 마음이 통해 아주 빠르게 친해지는 작품이 있는가 하면, 쉽게 가까워지기 어렵지만 볼수록 좋아지는 작품도 있다는 사실이다. 그림을 많이 봐야 안목이 생긴다는 말은 그래서 맞다. 살다 보면 첫인상이 별로였던 이에게 뒤늦게 호감이 싹트는 이상한 일도 종종 벌어지고, 기대 없이 만난 인연이 몇 년 뒤에 '인생 친구'가 돼 있기도 한 법이니까. 그림을 감상할 때도 사람을 만날 때처럼 선입견 없이 마음의 문을 열고 천천히 오래 지켜보려고 한다.

퍼스널 컬러
진단을
받아봤다

근무 시간에 잠시 천국에 다녀오는 방법을 안다. 첫
번째는 믹스커피에 비스킷 찍어 먹기, 두 번째는 점심시간에
드러눕기. 오늘은 두 번째 방법을 통해 잠시 천국을 맛봤다.

원래 나는 일과시간에 잘 눕지 않는다. 낮잠도 자제하려
노력한다. 부지런한 인간이라서가 아니라 오히려 축 처지기
쉬운 성향임을 잘 알아서다. 일단 누우면 순식간에 집중력도
의지도 흐릿하게 사라진다. 그래서 내겐 밤잠이 무척이나
중요하다. 하루 컨디션이 간밤 수면의 질에 좌우되므로
웬만하면 평일 약속을 잡지 않는다. 다음날 피곤함을 이기며
뇌를 쥐어짜는 게 이제는 너무 버겁기 때문이다.

하지만 어제저녁은 특수한 상황이었다('하지만'으로
시작하는 문장은 핑계일 가능성이 크다). 오랜만에 만난 친구는
반가웠고 음식과 술은 맛있었고 날씨까지 좋았다. 삼박자가
맞아떨어지는 행운을 마주하면 안 하던 짓을 하고 싶어진다.
예를 들면 다음날 출근해야 할 평일 저녁에 술을 먹고 새벽
4시에 귀가하는 일 말이다.

뼈에 새겨진 출근 강박 덕분인지 오전 7시 이전에
귀신같이 눈을 뜬 것까지는 좋았다. 평소의 음주 후

루틴대로 아이스라떼를 살 여유도 있었으니까. 문제는
그다음부터다. 누군가 뇌를 꽉 잡고 놔주지 않는 것처럼
머리가 띵한 게 마치 압박 머리띠를 한 손오공이 된
기분이었다. 간밤의 자제력 상실이 불러온 수면 부족과
숙취의 환장할 협동 공격.

　　원래의 나라면 그냥 커피를 한 잔 더 마시고 국밥으로
해장을 시도했겠지만 그 정도 처치로는 회복이 어렵겠다는
강렬한 예감이 들었다. 어라 이상하다, 이 정도인 적은
없었는데…. 고개를 갸웃하다 며칠 전까지 먹은 감기약이
떠올랐다. 눈에 보이는 증상은 사라졌지만 미약한 감기
기운이 몸에 남아 있었던 거다. 완전히 낫지도 않았는데
무리를 한 게 틀림없었다. 다른 중요한 일도 아니고 노느라
무리를 하다니, 그렇구나, 내가 아직 고생을 덜했구나.

　　밥심으로 일하는 사람이라 웬만해선 점심을 굶지
않지만 점심시간이 되자마자 병원으로 달려가 수액을
결제하기까지 일말의 망설임이 없었다. 조용하고 어두운
수액실에 두 발을 뻗고 눕는 순간, 천사들의 합창 소리가
들리는 듯했다. 눕는다는 건 정말 신성한 행위구나, 잠시

중력에 굴복했을 뿐인데 이렇게 큰 행복을 느낄 수 있다니!
그러나 쉽게 얻은 건 쉽게 잃는 법. 점심시간이 끝났음을
알리는 벨 소리가 울리는 순간, 구름 위를 둥실 떠다니던
몸이 순식간에 멱살 잡혀 현실로 끌려 나오면서 잠시간의
천국 체험은 막을 내렸다.

　석 달째 장바구니에 담아 놓고 정말 필요할까를 수백
번 고민하며 결제하지 못한 수많은 물건, 그보다 세 배는
비싼데도 고민 없이 결제해 버린 수액의 가격을 생각하니
눈물이 앞을 가린다. 어른이 된다는 건 아무래도 병원에
지불하는 돈을 아까워하지 않게 된다는 뜻인가 보다.

천국 체험

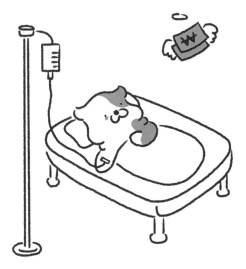

잘 못하는데도 자주 하게 되는 것이 있다. 바로 노래.
연습도 중요하겠지만 어느 정도는 재능을 타고나야
한다는 특성이 사람을 좀 뻔뻔하게 만든다. 그래서 내가
노래를 못한다는 사실은 중국어를 못한다는 사실보다
받아들이기가 훨씬 쉽다. 나 같은 사람이 노래방에 갈 때
필요한 준비물은 실력보단 흥과 체력 그리고 열린 마음이다.
열린 마음이란 취한 친구가 갑자기 슬픈 노래를 부르며
울거나 뜬금없이 '첨밀밀'을 원어로 불러도 미소를 잃지 않고
박자를 타줄 수 있는 마음을 말한다.

요즘은 길거리에도 코인노래방이 많다. 오락실 안에
덩그러니 놓여 있던 작은 노래방 부스가 시작이었던 것
같은데, 시간이 지날수록 매장 수가 늘고 시설도 놀랄 만큼
좋아졌다. 발전한 코인노래방은 내부가 아주 깨끗한 데다
혼자 가기에도 아무런 부담이 없어 동네에 하나쯤 있으면
반갑다. 학창 시절까지만 해도 노래방이란 차분히 노래를
부르는 곳이라기보단 으레 춤 70, 노래 10, 숨소리 30 정도로
도합 110퍼센트의 광기를 발산하는 공간이었다. 하지만
혼자 가는 코인노래방은 분위기가 사뭇 다르다. 서정적인

발라드를 얼마든지 불러도 되고, 일어나서 춤추지 않는다고
따가운 눈초리가 날아와 꽂힐 일도 없다. 여럿이 놀 때와
같은 역동적인 즐거움은 없지만 나만의 공간에 들어와 있는
듯한 아늑한 매력을 느낄 수 있다.

　　모처럼 약속이 없던 금요일, 단골 국밥집에서 혼자
소주 반병을 마시고 코인노래방에 가서 발라드를 불렀다.
'청승 떨기 정석 코스'지만 그 누구와도 이별은 안 한
상태다. 우울하지도 않고 고민거리도 없다. 사실 이 정도를
뛰어넘는 청승은 대학 시절에 이미 종류별로 떨어 봤으니
굳이 아쉽지도 않다. 대신에 뭐랄까, 나는 좀 시원해지고
싶었던 것 같다. 삐걱삐걱 돌아가는 직장인의 일상에서는
큰 목소리를 내거나 소리 지를 일이 많지 않으니까.
사무실에서도 집에서도 지하철에서도 카페에서도
헬스장에서도, 심지어 술집에서도. 그렇게 하루 대부분
시간을 풍경처럼 조용히 지내다 보면 내 안에 해소되지 못한
감정과 소리가 뒤엉켜 있는 기분이 든다. 이럴 때는 뱉어
내야지, 음정이 하나도 안 맞더라도.

내 발라드 지식은 이젠 거의 노래방 고전 반열에
오른 곡들에 멈춰져 있다. 발라드를 가장 열심히 들은 건
감수성이 풍부했던 중학생 시절이고 성인이 된 후로는 음악
취향이 만두피처럼 넓고 얇아졌기 때문이다. 성시경과 버즈,
윤하 그리고 토이로 이어지는 선곡표를 열창한 뒤 문득
분위기를 바꾸고 싶어져 보아의 '넘버원'과 다이나믹 듀오
메들리로 물 흐르듯 자연스러운 반전을 주고, 마무리는
심수봉의 '남자는 배 여자는 항구'로 한다. 혼자라 부끄러울
것도 없으니 최대한 맛깔나게.

　　나의 MP3 역사를 훑는 콘서트 대장정을 진행하며 잠시
숨을 고르는데, 옆방에 막 들어온 가수의 목소리가 벽을
뚫고 들려왔다. 폐를 토해 낼 것 같이 빠르고 강렬한 랩.
세상에 불만이 많은 래퍼 앞에서는 문과 벽도 소용이 없는
듯 뜨거운 열정을 담은 가사들이 내 귀에 와서 팍팍 꽂힌다.
아니, 이렇게 잘 들릴 거면 그냥 같은 방에서 불러도 되는
거 아닌가, 내 목소리도 저렇게 들리는 거라면 좀 부끄럽긴
하네….

　　성량을 조금 줄이려다가 이내 마음을 고쳐먹는다.

코인노래방에 가는 사람들 사이에는 '우리 마치 서로의
목소리가 안 들리는 것처럼 행동하기로 해요'라는 암묵적인
약속이 있으므로. 그렇게 옆방의 아웃사이더와 이 방의
심수봉은 각자의 단독 콘서트를 성공적으로 마치는 데
집중했다. 어쩌다 타이밍이 겹쳐 동시에 방을 나서게
되더라도 우리는 서로를 있는 힘껏 모른 척할 것이다.
그것이 바로 코인노래방의 매너이므로.

진심이란 게 생각보다 별거 없다.

그냥 뭔가를 열심히 하다 보면

그 일에 진심이 된다.

앵무새는 생각보다 시끄럽다

앵무새. 지금까지 그 단어를 듣고 연상할 수 있는
거라곤 두 가지 정도였다. 누군가의 말을 그대로 따라
하는 사람에게 '앵무새 같다'고 하는 표현, 그리고 영화
<알라딘>의 악당 자파가 키우는 얄미운 새 '이아고'.
영화를 본 사람은 알겠지만 이 캐릭터는 앵무새의 탈을 쓴
사이코패스다. 죄 없는 새들에겐 미안하지만 앵무새를 향한
나의 관심이 딱 거기까지였던 것도 나름의 변명거리는 있는
셈이다.

앵무새뿐만 아니라 새라는 종족 자체가 내겐 미지의
영역이다. 도시의 무법자 비둘기, 작고 귀여워서 비교적
환영받는 참새, 한강의 오리, 바다로 놀러 갈 때마다
마주치는 갈매기, 그 외에 내가 자신 있게 구별할 수 있는
새는 거의 없다. 그 어떤 동물과도 1:1로 친밀한 관계를
형성해 본 적이 없지만 새는 그게 좀 극단적이랄까,
비둘기는 내가 피하고 참새는 나를 피하고 한강의 오리는
애초에 다른 차원에 있는 것처럼 가까이 다가갈 수 없고 배가
무척 통통한 갈매기는 내 손에 있는 그것이 무엇이든 가로채
유유히 떠난다. 그러니까 새는 나 같은 인간에겐 친해질

기회조차 주지 않는, 항상 저 멀리 날아가고 있거나 그럴 준비가 돼 있는 존재였던 거다.

그런 내가 앵무새 카페에 들어선 건 순전히 우연이었다. 친구와 밥을 먹고 커피 마실 만한 곳을 찾는데 길 맞은편에서 범상치 않은 간판 하나가 시선을 끌었다. 앵무새 카페? 음, 인상 깊은 작명이군. 한번 들어가 볼까? 바보같이 우리는 몰랐던 거다. 진짜로 앵무새와 함께 커피를 마시는 곳일 줄은.

'새=나를 피해 멀리 날아가는 존재'라는 공식이 머리에 입력된 나로서는 반경 100미터 안에 그토록 많은 새가 (도망가지 않고!) 있는 광경이 비현실적으로 느껴질 지경이었다. 게다가 그곳은 새가 있는 카페라고 하면 떠올릴 법한 평화로운 정경과는 거리가 한참 멀었다. 새라고 해야 할지, 차라리 공룡이라고 부르는 게 더 어울릴 법한 커다란 파랑 앵무새 한 마리가 부리로만, 오직 부리의 힘으로만 나뭇가지에 매달려 있는 모습은 마치 파란색 망고 나시를 입고 턱걸이를 하는 헬스장 근육맨의 모습을 연상시켰다.

커피를 주문하고 자리에 앉은 우리는 앵무새가 7세

어린이의 성량쯤은 가볍게 누를 정도로 시끄러울 수 있다는
사실을 깨닫는다. 앵무새한테서 꾀꼬리 같은 목소리를
기대한 건 아니지만 그래도 "아악! 아악! 아악!" 하고 연속
고함을 내지를 줄은 몰랐기에 급속도로 기가 빨렸다.
고함 중간중간에 뻔뻔스럽게도 "안녕?" 혹은 "빵야!" 같은
팬서비스를 시전하는 앵무새들을 넋 빠지게 쳐다보는
손님들은 모두 같은 생각을 하고 있는 듯했다. 아니 얘네,
사실은 사람인 거 아냐?

　혼란과 기 빨림의 한복판에서 평정을 유지한 사람은
단 한 명, 카페 사장님뿐이었다. 어디선가 나타나 손님의
어깨에 앵무새를 얹어 놓고는 홀연히 사라지는 그녀, 그
많은 새와 친하다는 사실만으로 범상치 않은 아우라를
풍기던 그녀.

　나는 피톤치드보다 매연의 비중이 월등히 높은 도시에서
자랐고, 마주치는 생명체라곤 바퀴벌레와 모기가 다인
집에서만 먹고 쉬고 잠들었다. 그래서일까? 동물과 오랜
세월 부대끼고 살아서 깊은 유대감을 형성한 사람들을 보면

어딘가 신비롭다. 내가 모르는 영역, 가본 적 없는 세상에
발을 디뎌 본 사람들 같아서.

　　꼭 강아지와 고양이에 국한된 얘기는 아니다. 어릴 때
시골집에서 키우던 소를 좋아했다는 엄마는 "소의 눈을 한
번이라도 보고 나면 얼마나 정이 드는지 몰라. 나는 소가
팔려 갈 때마다 너무 슬퍼서 엉엉 울었어"라고 말해 준 적이
있다. 그 얘기를 들으며 '소 눈은 정말 예쁜가 보다' 머리로만
이해한 나와 살아 있는 소와 눈을 맞추며 교감했던 엄마는
세계를 보는 감각이 다를 수밖에 없다. 나는 엄마의 말을
듣고 한참 후에야 한 여행지 목장에서 소의 눈을 똑바로
보고는 그 마음을 어렴풋이나마 이해할 수 있었다.

　　앵무새 카페에서 내 어깨에 앉아 귀를 깨물어 주던
조그만 앵무새의 부리는 차갑고 축축했다. 그 짧은 접촉의
순간, 머릿속 비현실 영역에 머물고 있던 '앵무새'라는
이름이 현실 영역으로 넘어왔다. 비유적 표현이나 만화
캐릭터가 아닌 눈앞에 실재하는 생명체로, 숨결과 목소리를
지닌 존재로. 아직 내 머릿속에만 있는 수많은 생명체의
이름을 떠올려 본다. 세상을 감각하고 이해하는 나의 시야가

얼마나 좁았는지를 새삼 느낀다. 살면서 인식의 얄음을 깨닫는 건 언제나 아픈 일이지만 욕심내지 않고 이렇게 한 뼘씩 나의 세상을 넓혀 가도 괜찮지 않을까. 조금씩 팽창하는 우주처럼, 어제보다 오늘 조금 더 넓고 깊어지면 되지 뭐.

앵무새에게 귀를 내주고 잠시나마 쌓은 유대감(나 혼자 쌓은 내적 친밀감이긴 하지만)은 반려동물과 함께하는 삶이 어떤 모습일지를 구체적으로 상상하게 했다. 알레르기가 없는 평행 우주의 나라면 이미 그렇게 살고 있겠지? 고양이, 강아지와 함께 살다 보면 정말 말이 통하는 것 같고 가족처럼 느껴진다던데 앵무새도 그럴까? 음, 실제로 이렇게 고함을 질러 대는 존재와 한집에서 산다면, 심지어 내 말을 따라 한다면, 진짜 사람처럼 느껴질 수 있겠다.

앗 이건
찍어야 해!

족팔려족발

#웃긴간판찍기

여름이었다 …

일출을 보러 갔는데
맞은편의 달만 눈에 들어왔다

옛날 동화나 노래 가사에서 해와 달은 서로 함께할 수 없는 사이로 비유되곤 했다. 그러나 실제로는 같은 시간 같은 하늘에 함께 떠 있는 모습을 심심찮게 볼 수 있는데, 머릿속에 둘이 철저히 분리된 존재로 각인돼 있어서인지 그걸 보면 마치 비밀 연애하는 사내 커플을 목격한 것처럼 어색한 표정을 짓게 된다.

낮달이 그다지 특이한 현상이 아니라는 것쯤은 알고 있지만 그래도 어딘가 신비로운 구석이 있다. 관념적으로 달은 밤과 연결돼 왔기 때문일까? 사위가 밝은 와중에 달을 목격하는 일 자체가 어색하고 현실과 동떨어진 기분을 준다. 조금 전 창문으로 들어오는 산타를 발견했지만 두근거림을 애써 감추고 잠들려고 노력하는 어린아이처럼, 하늘을 똑바로 못 보고 괜스레 흘깃거리게 된다.

나는 밤하늘이 좋다. 밤에 하늘을 올려다보며 걷는 걸 좋아하는데 빛 공해가 일상인 서울에서는 좀처럼 별을 볼 수 없다. 대신 밤길을 걷는 나의 눈은 습관적으로 달을 찾는다. 어차피 서울 사는 직장인의 특성상 햇빛보다는 달빛을 받을 일이 많으니 이 취향은 꽤나 다행스럽다.

어린 시절 색칠 공부를 할 때 배운 바로 달은 노란색, 사과는 빨간색, 하늘은 파란색이어야 하지만 다 그렇듯 학교에서 배운 것과 실제 모습은 다르다. 달은 예쁜 바나나색이라기보다는 사냥감을 앞에 둔 육식동물의 눈알같이 노르스름하다. 가끔은 눈 쌓인 언덕처럼 희게 빛나기도 하고, 청명하게 푸른 색감이 돌기도 하고, 불길하기는커녕 오히려 사랑스러운 붉은빛을 띠기도 한다. 이렇게 평소와는 조금 다른 빛깔의 달을 본 날이면 나는 어김없이 휴대폰을 들어 사진을 찍는다. 눈으로 보는 것의 백 분의 일 크기로도 담기지 않아 조그만 점에 가까운 형상이지만 그 순간만큼은 내가 달의 주인이라도 되는 양 마음이 푸짐해진다. 언젠가 지금 달이 참 예쁘니 퇴근길에 꼭 하늘을 보라는 내 메시지에 친구는 의외로 낭만적인 구석이 있다는 답장을 보내 왔다. 달을 좋아하는 사람은 필연적으로 낭만파 취급을 받게 되는 면도 있다.

해는 똑바로 바라볼 수 없지만 달은 똑바로 바라볼 수 있어서 좋다. 해보다 덜 밝다는 점만으로도 친밀감이 든다.

내가 그만치의 밝기를 지닌 사람이 아니라서인지, 너무 밝은 것은 눈이 아프고 부담스럽다. 같은 이유로, 이미 꽉 차서 더 이상 무엇도 필요 없을 것 같은 보름달보다는 많이 비어 있는 손톱달을 좋아한다. 손톱달은 정말 손톱 모양으로 생겼다. 그걸 볼 때마다 누군가 깎은 손톱이 잘못 튕겨 나가 하늘에 박혀 버리는 상상을 한다.

나는 손톱달이 비어서 좋다고 말하지만 그게 지구 중심적인 생각이라는 것을 안다. 엄밀히 말해 달은 언제나 둥글고 가득 차 있는데 비어 보이는 건 달이 공전하며 생기는 그림자 때문이다. 언젠가 달에 사는 토끼를 마주친다면 지구인의 이런 낭만적인 편협함에 코웃음을 칠지도 모를 일이다. "달은 항상 동그란데 손톱이라니 그게 무슨 소리야? 정작 손톱만 한 크기의 별에 모여 사는 건 지구인들이면서!" 하고.

서울의 달

저녁 뭐 먹지…

우리 집으로 놀러 와

술에 취해 기분이 좋아진 사람들은 몇 가지 특징적인
행동을 한다. 울거나 웃거나 젓가락을 떨어뜨리거나 인형
뽑기를 하거나 갑자기 아이스크림을 사서 친구들에게 나눠
주거나 하는. 나는 최근 이 목록에 추가할 만한 새로운 행동
패턴을 하나 발견했는데 이를 '동물의 숲 주민 유형'이라
이름 붙이고 싶다. 이들은 술기운이 왕창 올랐다 싶으면
서슴없이 자기 집으로의 초대장을 날린다. 알코올에 마음의
벽이 녹으면 현관문까지 같이 녹아 버리는 건지, 술자리의
아쉬운 끝 무렵마다 다음엔 꼭 자기 집에 놀러 오라고
신신당부를 한다. (사실 나는 '동물의 숲'이라는 게임이 정확히 어떤
시스템으로 돌아가는지 모른다. 귀여운 동물 친구들이 서로를 집에
초대하고 마당에서 사과를 재배하는, 그저 무해한 환상의 섬 정도로
인식할 뿐이다.)

술자리에서 처음 초대를 받았을 때는 그저 술기운에
하는 빈말인 줄 알고 무심히 넘겼더랬다. 내향인인 내게
집은 성스러운 공간, 누구도 침범할 수 없는 나만의
영역이라 남들도 어느 정도는 비슷하리라고 생각했기
때문이다. 나는 집 밖에서 온몸을 불살라 쾌활함을

소진하고는 집에 오면 입을 꾹 닫고 에너지를 충전하는
타입이라 누구를 섣불리 초대하지 못한다. 그러나 동물의
숲 주민들로부터 날아온 초대장이 점점 쌓여 가면서 나는
내향인과 외향인이 '집'이라는 공간에 대해 취하는 입장이
매우 다르다는 결론을 내리게 됐다. 전자는 '나만의 공간이니
아무나 들어올 수 없음', 후자는 '나만의 공간이니 눈치볼
필요 없이 누구든 들어와도 됨'.

　　생각해 보면 어린 시절에는 지금보다 자주, 덜
부담스럽게 친구 집에 놀러 다녔다. 산만한 어린이 손님들이
귀찮았을 법도 한데 어느 집엘 가든 어른들은 항상 편안하고
반갑게 맞아주셨다. '감사합니다' '잘 먹겠습니다' 정도의
예의 바른 인사 몇 마디면 그 모든 친절에 충분한 값을
지불할 수 있는 시절이었다. 어린이란 얼마나 큰 특권인지!
　　가끔 초대장 하나를 덥석 집어 들고 친구 집에 놀러 갈
때면 그 시절 기억이 나곤 한다. 냉장고를 탈탈 털어 음식을
대접하고 최적의 조명에 좋은 음악까지 선곡해 최대한
편안한 분위기를 만들어 주려고 고군분투하는 집주인의

모습이 꼭 그 시절 우리에게 간식을 내주시던 어머니들을 닮았기 때문이다. 가만히 앉아만 있기가 미안해 설거지라도 하려 할라치면 손사래를 치며 손님을 도로 주저앉히는 것까지도 꼭 닮은, 친절한 동물의 숲 주민들.

　이젠 어린 시절만큼 자주 남의 집에 놀러 가지는 못하지만 낯선 지하철역에 내려 낯선 길을 걸어서 낯선 현관문 앞에 도착하면, 예외 없이 마음이 설렌다.

　"초대해 줘서 고마워!"

　직접 재배한 사과는 아니지만 맛나고 예쁜 것을 양손에 들고서 빼꼼 남의 집 현관 안으로 얼굴을 들이미는 나는, 어쩌면 그 시절 어린이의 표정을 하고 있을지도 모르겠다.

여기서 더
탈 수가 있네…?

삼면이 바다인 나라에 살고
수영은 잘 못해요

몇 해 전 가족 여행을 간 곳에서 내가 수영을 전혀 못한다는 걸 깨닫고 충격을 받은 적이 있다. 아무리 물놀이에 취미가 없었어도 그렇지, 그동안 자기 몸뚱이가 물에서 짱돌처럼 가라앉는다는 사실도 모른 채 위험천만한 삶을 살아왔단 말인가. '수영을 좀 배워 볼까?' 하는 생각이 머릿속에 야금야금 씨를 뿌리기 시작한 건 그때부터였다. 그래, 삼면이 바다로 둘러싸인 나라에 살면서 수영을 못하는 건 너무 안일했다. 혹시라도 좀비 영화 같은 일이 벌어진다면 한강을 헤엄쳐 도망가야 할 수도 있는데.

그러나 정작 수영장 등록은 하지 못한 채로 어영부영 몇 년이 흘렀다. 모든 이의 계획을 송두리째 흔들어 놓은 코로나바이러스 탓도 있지만, 솔직히 말해 수영복을 사고 강습받을 수영장을 알아보는 행위가 상당히 부담스럽고 귀찮았다. 나처럼 제대로 된 수영복 하나 갖추지 않고 육지에서만 평생을 살아온 사람에게 그런 건 정말 큰 일이니까. 이러다 평생 물에 뜨는 기분이 뭔지도 모른 채 죽을지도 모른다는 불길한 예감이 엄습할 즈음 전염병의 기세가 다소 누그러졌고, 친구와의 갑작스러운 태국 여행이

성사됐으며, 예약한 호텔에는 마침 근사한 수영장이 있었다. 이 모든 상황은 내가 물에 뜰 때가 됐다는 신의 계시 같았다. 여행의 설렘을 추진력 삼아 드디어 매끈매끈한 수영복도 손에 넣었다.

등판이 다 드러나는 수영복을 입고 야심 차게 입수하며 맞이한 태국의 아침. 수영 고수들은 하나같이 '몸에 힘을 빼면 저절로 뜬다'는 조언을 내놓지만 내 귀엔 밥 아저씨의 '참 쉽죠?'와 다를 바 없이 들린다. 나처럼 땅에 발 붙이는 일에 미련이 많은 타입은 물속에서 절대 힘을 빼지 못하기 때문이다. 삼십 분간의 사투 끝에 궁여지책으로 터득한 방법은 일단 숨을 참고 잠수한 뒤 양팔로 두 다리를 감싸 안고 고개를 숙이는 것. 그러면 100년 묵은 거대한 마리모처럼 등이 위로 향하며 몸이 둥실 떠오르는데, 그때 천천히 양팔과 두 다리를 뻗으면 마치 물에서 기절한 사람처럼 머리를 박고 떠 있는 모양새가 된다. 어쨌든 나는 이걸 '수영'이라 부르기로 했다.

세상을 귀여워하며 글을 쓰는 건, 마치 물속으로

가라앉지 않기 위해 몸에 힘을 빼는 일과 같다. 현재까지의
성과 역시 내 수영 실력만큼이나 보잘것없다. 그런데 '마리모
수영법'에는 신기한 점이 하나 있는데, 나는 잠수를 한
상태로 둥실 떠 있을 뿐이라고 생각하지만 문득 눈을 뜨고
정신을 차려 보면 원래 위치에서 제법 멀어진 곳까지 떠밀려
와 있다는 거다. 일단 바닥에서 두 발을 떼니 어떻게든
팔다리를 움직이게 되고 그러면 단 몇 센티미터라도 앞으로
나아갈 수밖에 없다.

　　별다른 기술도 힘도 없는 하찮은 몸부림을 추진력
삼아 조금씩 앞으로 나아간다. 그것이 나의 인생 전략이다.
미운 것들을 귀여워해 보려는 시도는 너무나 하찮지만
그것이 결국 소소하지만 확실하게 해탈의 경지에 이르는
열쇠일지 모른다고 생각한다. 물론 나는 성인군자가 아니다.
고백하건대 차가운 표정으로 일기장을 펼치고 '오늘은 정말
강아지 빼곤 귀여운 게 없었다, 단 하나도!'라고 휘갈겨
쓴 날도 있다. 하지만 애초에 완벽을 목표로 시작한 일이
아니었다.

　　부정적 감정이 아예 없는 인생이란 물살 없는 수영,

숙취 없는 과음처럼 상상 속에나 존재할 뿐이다. 그러니
나는 실패를 각오하는 마음으로 꾸준히 팔다리를 내젓는다.
언젠가는 꽤 괜찮은 곳에 도착해 있을 것을 믿으며.

귀여움 수집가

초판 1쇄 발행 2024년 10월 18일

지은이   신지영
펴낸이   박희선

발행처   도서출판 가지
등록번호 제25100-2013-000094호
주소   서울 서대문구 거북골로 154, 103-1001
전화   070-8959-1513
팩스   070-4332-1513
전자우편 kindsbook@naver.com
블로그   www.kindsbook.blog.me
페이스북 www.facebook.com/kindsbook
인스타그램 www.instagram.com/kindsbook

ISBN   979-11-93810-05-7 (03810)

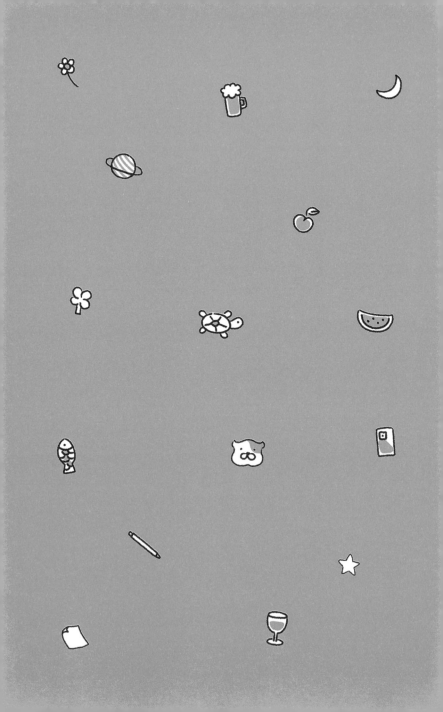

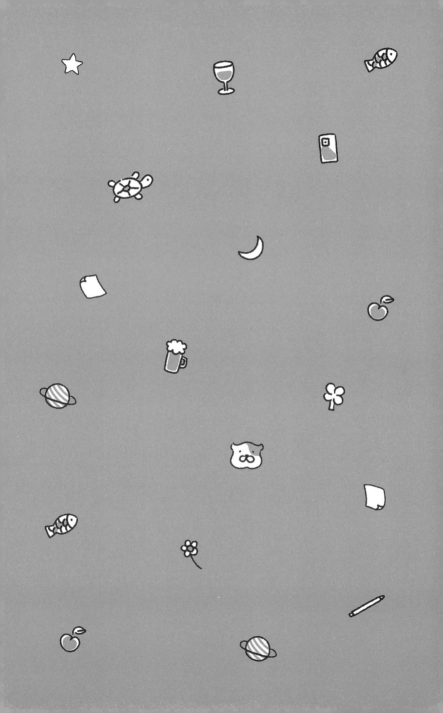